KB218906

혼자
걷고
싶어서

들어가는 글

도시는 자유롭게 돌아다닐 수 있는 공간을 주지만, 때로는 구속이 되기도 한다. 나는 가볍게 이리저리 거니는 한가로운 '산책(散策)'이 아니라, 끊임없이 어슬렁거리고 머뭇거리는 '배회(徘徊)'를 좋아한다. 자유로이 거닐면서 도시와 건축물을 잘 살펴보면 궁금증이 생긴다. 그렇게 묻고 답하면서 도시와 건축물을 좀 더 이해하게 된다.

도시와 건축을 직업으로 삼고 있지만, 바쁜 일상에서 일부러 시간을 내어 건축물을 보러 다니거나 도시를 탐험하려고 하지 않는다. 아니 하지 못한다. 오히려 회사 일로, 업무상 미팅으로, 여러 지역에 자문하러, 강의하러, 주민들과 이야기 나누러 다니다 보면 저절로 도시를 배회하게 되고 건축물을 관찰하게 된다. 지인들과 함께 걸을 때가 있는데, 그들은 내가 왜 그렇게 주변을 두리번거리는지 모르겠다고 이야기한다. 나는 관찰하기 위해서 주변을 둘러보는 일이 습관처럼 되어버렸다. 그리고 하나, 둘 궁금증을 늘어놓는다. 도시와 건축에 대한 애정이고 관심이다. 매일 걸어 다니는 길과 옆에 있는 건물이 소중하다.

집을 나서는 순간, 도시의 산책자가 된다. 일상에서 만나는 건축물에 조금 더 가까이 다가가 보려고 한다. 때로는 자세히, 때로는 관망하면서 그 속에 담긴 삶의 이야기들에 귀 기울이고, 사랑을 담은 마음으로 관찰하려고 한다. 이 책에서 다루는 도시와 건물은 길을 걷다가 우연히 발견할 수도 있고, 애인과 데이트 코스일 수도 있다. 친구들과 만나는 약속 장소일지도 모른다. 일부러 시간을 따로 내어서 찾아볼 필요는 없다. 가치 있는 건물은 언제나 우리 주변에 있다. 관심과 애정의 눈으로 바라보지 않아서 발견하지 못할 뿐이다.

무엇보다 중요한 것은 자기가 살고 있는 주변 공간에 대한 관심과 애정이다. 그 공간을 지님으로써 삶은 조금 더 풍요로워질 수 있으며, 일상의 도시와 건축물을 통하여 몸과 마음이 조금씩 치유될 수 있다. 도시와 건축에 관심 있는 사람들이 이 책을 통하여 자기만의 소소한 행복을 발견했으면 좋겠다. 그리하여 배회의 시작점이 되기를 희망한다.

도시의 산책자 이훈길

재생

꾹꾹 눌러쓴 손편지 같은, 꿈마루

●

기억하고 싶은 공간과 기억되는 공간이 있다.
어떤 공간이라도 기억될 수는 있지만,
기억하고 싶은 공간은 그렇지 않다.
기억하고 싶은 공간을 만나게 되면
눈에 보이는 것뿐 아니라, 주변에서 들리는 소리,
코로 맡아지는 냄새, 입 안에 머무는 미감
그리고 피부로 느껴지는 촉감까지도 기억하게 된다.
내게는 어린이대공원 안에 있는 꿈마루가 그러하다.

변화 속에서 기록된 순간들

꿈마루는 시대에 따라 많은 변화를 겪어왔다. 원래 어린이대공원은 순종의 비 순명효황후 민씨의 능을 모신 공간이었다. 하지만, 1927년 일본 강점기에 골프장으로 개발되었다. 이곳의 지형이 매우 넓은 평지였기 때문이다. 1968년에는 한국 현대 건축가인 나상진에 의해 서울 컨트리클럽 하우스가 설계되어 골프장을 이용하는 사람들의 공간이 되었다. 어린이대공원으로 조성된 것은 1970년대 박정희 정권 때이다. 그 후 내부를 개조하여 어린이들을 위한 문화 전시 공간인 교양관으로 사용하다가 2011년에 꿈마루라는 이름으로 변화를 맞이하게 되었다.

선유도공원을 설계한 조성룡 건축가가 변화시킨 꿈마루는 건물에 남아 있는 골프장 클럽하우스와 어린이대공원 교양관의 기억을 보전한다는 의미 아래 새로운 기능을 하는 공간으로 재생되었다. 서울 컨트리클럽 하우스였던

꿈마루 입구에 수평성을 강조한 매스가 돋보인다.

과거 클럽하우스 때 로비로 사용하던 공간이 텅 빈 기억을 전해준다.

계단을 따라 올라가다 보면 흰 벽과 마주하게 되는데,
'ㅎ' 자가 주렁주렁 매달린 한글나무가 그려져 있다.

건물의 원형을 복원하기 위해 기존 건축물의 전부 또는 일부를 철거하고 종전과 동일한 규모의 범위 안에서 개축하였다. 꿈마루는 바닥과 벽, 지붕 등의 공간이 변화하면서 기록된 순간들이 생채기처럼 남아있다.

시간의 흔적이 가득한 공간

어린이대공원역 1번 출구로 나와 중앙 음악분수를 지나서 언덕을 따라 걸으면 꿈마루의 입구가 보인다. 꿈마루는 흔히 말하는 정문의 개념이 없다. 어디에서든 접근하여 건물 안으로 들어갈 수 있는 여러 갈래의 길이 있을 뿐이다. 처음 만나는 공간은 여러 겹으로 쌓여 있던 벽돌들을 제거하고 철제 프레임만 남은 텅 빈 입구다. 정성스럽게 쓴 빛바랜 손글씨처럼 지나온 세월의 흔적을 자연스럽게 느낄 수 있도록 세심하게 디자인했다. 과거의 클럽하우스 로비로 사용하던 공간을 사람들이 자유롭게 드나들 수 있도록 열어 놓았다. 비어 있는 공간이다 보니 처음방문한 사람들은 입구로 인식하기 어려울수도 있다.

초기에 세워진 듯한 네 쌍의 기둥이 건물을 굳건히 지탱하고 있는데, 햇살이 비추는 날이면 긴 그림자를 드리운다. 마치 방문하는 사람들을 꿈마루 안으로 인도하는 손짓 같다. 뜯어진 벽체에는 어떤 가공도 하지 않고 그대로 노출했다. 새로운 재료로 마감된 곳은 기존에 없던 프로그램들이 생겨난 곳임을 말해준다. 과거와 현재의 공간이 만나 새로운 미래를 만들어 내는 장소로 변모한 것이다. 그렇기에 꿈마루는 공간의 숨결을 느끼며 한 발 한 발 아껴가며 걸어볼 필요가 있다. 위층으로 올라가다 보면 둥그스름하게 휘어진 하얀색 벽을 마주하게 된다. 그곳에는 'ㅎ' 자가 주렁주렁 매달려있는 한글 나무가 그려져 있다. 안상수체로 유명한 안상수 교수의 작품이다. 올라가는 사람들을 반갑게 맞아주며 '하하하' 웃는 듯하다.

2층에는 야외 피크닉 정원이 있다. 평상에 앉아서 치킨과 맥주를 먹거나, 여름에는 파자마 차림으로 별을 보며 시원한 수박도 먹을 수 있을 것 같은 포근한 느낌이다. 교양관에서는 전시관으로, 클럽하우스에서는 락카룸으로 이용하던 공간이었지만, 지금은 나무 벤치와 테이블이 놓여있고 나무도 옹기종기 심겨 있다. 야외 피크닉 정원은 계절이 바뀔 때마다 다양한 꽃을 심을 수

야외 피크닉 정원은 계절이 바뀔 때마다 꽃을 심을 수 있도록 재탄생되었다.

3층 야외 데크에서는 청량한 바람을 느낄 수 있다.

있도록 콘크리트 지붕 슬래브와 보를 적절하게 잘라내어 햇볕이 따사롭게 흩어질 수 있게 했다. 남겨진 보가 만들어내는 그림자는 눈부신 햇살을 잠시 피할 수 있게 도와준다.

3층에 있는 북카페의 가장 큰 특징은 청량한 바람을 느낄 수 있게 한 열린 야외 데크와 어린이를 배려한 책상과 의자가 놓여있다는 것이다. 카페 주변으로는 넓다고 생각될 정도의 오픈된 복도가 있다. 화창한 날에는 넓은 복도에 의자를 놓고 앉아 파노라마로 보이는 어린이대공원과 지나가는 사람들을 보면서 커피 한 잔의 여유도 즐길 수 있다. 야외 데크 끝에는 좁은 길이 있는데, 클럽하우스를 지을 때 지붕을 관리하기 위해 설치했던 작업 통로인 캣워크(Catwalk)의 일부를 남겨놓은 것이다. 이 길을 따라 걸어가면 야외 피크닉 공원을 내려다볼 수도 있고 아래로 내려갈 수도 있다.

꿈마루는 '꿈을 상상하는 마루'이다. 꾹꾹 눌러쓴 손편지처럼, 시간의 흔적 속에 기억과 그리움이 가득 담겨 있는 공간이다. 빛과 그림자가 내려앉고 어제와 오늘이 머문다. 삶의 흔적들이 내일을 만든다. 자연스럽게 녹아 있는 순수함이 시간의 흐름을 담아내는 곳이다.

여러 가지 재료들이 다양한 입면을 구성하며 흥미를 유발한다.

카페 앞 넓은 복도에 의자를 놓고 앉아도 좋다.

공간의 기억들이 시간의 흔적 속에 담겨있다.

3
2
B1

바람결에 실려 오는 향기 속, 선유도공원

●

서로의 관계를 이해하기 위해서는
그 '사이'를 읽는 것부터 시작해야 한다.
한강에는 콘크리트 구조물과 식물이
향기롭게 감싸여 있는 공원이 숨어 있다.
그 안에서 미묘한 긴장감을 유지하고
매력을 표출하고 있다.
과거인지 현재인지 혹은 미래인지 모를
시간의 몽롱함 속에서 그 어딘가를 만나게 된다.
시간의 정원인 선유도공원이 그 '사이'에 놓여 있다.

봉우리와 섬 사이

선유도공원은 섬이다. 하지만 본래 '선유봉'이라는 작은 봉우리였다. 일제 강점기 때 홍수를 막고, 길을 포장하기 위해 암석을 채취하면서 깎여나가 섬 아닌 섬이 되었다. 그 후 1978년부터 서울시 수돗물 정수장으로 사용하다가 2000년에 폐쇄된 뒤 공원이 되었다. 지금 한강에는 다섯 개의 섬이 있다. 선유도, 여의도, 서래섬, 노들섬, 밤섬이다. 과거에 있던 섬이 사라지기도 했고 과거에 없던 섬이 새로이 생성되기도 했다. 송파강 매립으로 인하여 잠실도, 부리도, 무동도는 사라지고 아파트촌이 되었다. 난초와 지초가 자랐던 난지도는 제방 공사를 통해 쓰레기 매립지가 되었다가 2002년 한일 월드컵을 앞두고 월드컵공원으로 재탄생하였다. 저자도는 1970년대 압구정동 개발을 위한 토사 반출 때문에 사라졌다. 밤섬은 유인도였지만 1986년 사람의 출입을 통제하고 생태 경관 보존 지역으로 지정하면서 매년 철새가 날아들기 시작했다. 서래섬은 한강 종합 개발을 하면서 조성된 인공섬으로 봄에는 유채꽃이 만발해 많은 사람이 찾는다. 여의도는 1916년에 간이 비행장을 건설함으로써 섬의 존재가 알려지기 시작했고, 노들섬은 서울시가 2005년에 매입했다. 노들섬은 현재 도시의 삶에서 벗어나 자연, 음악, 책과 쉼이 있는 시간을 보낼 수 있는 복합 문화 공간으로 탈바꿈했다. 사람들이 한강을 곁에 두고

선유교를 건너야 선유도공원에 다다를 수 있다.

선유도공원 안에 있는 원형극장은 날것 그대로 남아있다.

있는 '사이', 섬은 수많은 과정을 겪으며 자신들의 존재 의미를 되묻고 있었다. 그 '사이'에 선유도가 존재한다.

있는 정성을 다하여

선유도공원은 한강을 지나야만 다다를 수 있다. 물하면 떠오르는 절이 하나 있는데 바로 개심사이다. 개심사는 충청남도 서산시 상왕산에 있다. 개심사(開心寺)에 가면 경내로 들어서기 전 사각형 모양의 연못이 있다. 연못에는 외나무다리가 하나 놓여있다. 현실의 잡념과 세속의 연을 끊고 마음을 정화한 후 외나무다리를 건너 경내로 들어오라는 의미이다. 선유도공원도 개심사의 접근 방법과 비슷하다. 개심사의 외나무다리처럼 남쪽에서 한강을 지나는 아치형 선유교를 건너야 다다를 수 있다. 건널 때 세속의 마음을 한강에 흘려보내고, 알 수 없는 새로운 세계로 진입하는 의식을 치르는 듯한 경험을 하게 해준다. 이쪽과 저쪽, 그 '사이'에 물이 존재하고 섬과 육지를 기대감으로 이어준다. 연애 초기에 느끼는 애틋함이 묻어 있는 기대감과 비슷하다. 하지만 그 '사이'를 인정하고 이해하지 못하면 건너지 못하는 다리가 되어버리기 쉽다.

한강을 바라보며 선유교를 천천히 걸어서 건너면 곧바로 공원이 있을 것 같지만, 강 중심을 향해 목재 데크로 이루어진 넓은 마당이 펼쳐진다. 이곳에서 강 너머 월드컵공원과 월드컵경기장, 인왕산, 북한산과 남산으로 펼쳐지는

파노라마를 마주할 수 있다. 선유도공원이 어떤 위치에 있는지 되돌아보게 하는 장소이면서, 자신이 지금 어디에 서 있는지를 느끼게 해주는 공간이다. 선유도공원은 콘크리트 구조물과 식물의 관계를 이해해야 보인다. 우리가 서로의 관계를 이해할수록 진정한 본래의 모습 그대로를 사랑할 수 있는 것처럼 말이다. 선유도공원도 녹색 풀과 나무로 가득한 풍경 속에서 어떻게 회색의 콘크리트를 자연스럽게 받아들이는지 이해해야 더욱 잘 볼 수 있으며, 보살필 수 있다. 공원의 기본 바탕을 이루는 구조물은 정수장의 콘크리트 수조들로부터 유래했다. 페인트칠도 하지 않은 시멘트의 본래 모습 그대로다. 연인이 되면 싸우면서 서로의 경계를 허물 듯 구조물과 식물은 서로 충돌을 거듭하면서 그들이 형성한 경계를 끊임없이 지워나간다. 구조물과 식물은 서로를 보살피면서 서로의 부분 집합을 만든다. 하지만 이 둘은 결코 같은 것이 아닌 다름의 관계이다. 구조물을 유기체처럼 사고하고 만지는 행위는 식물과 함께 구조물 자체가 살아있음을 일깨워준다. 공원이 된 섬은 스스로의

선유도공원은 콘크리트 구조물과 식물의 관계를 이해해야 보인다.

하나하나 세심하게 배려된 공간들이다.

생명력을 통하여 삶의 의미를 찾아가고 있다.

선유도공원은 구조물을 되살려 맥박이 뛰고 살아 움직이게 했다. 침전지의 수로와 구조물로 만든 통로, 전망대는 시간의 정원을 각기 다른 시선에서 바라보게 한다. 식물로 덮인 좁은 길은 숲속을 걷는 기분이다. 중간중간 놓여 있는 나무 벤치에 잠시 앉는 순간, 지금 공원에 있는지, 새로운 세계를 경험하고 있는지 착각하게 된다. 카페가 된 펌프장은 선유봉 시절의 정자를 떠올리게 하고 안락함을 준다. 모든 게 이전부터 존재하고 있었다는 듯 유기적으로 얽혀있다. 그 안에 미래라는 이름이 새겨져 있다.

중요한 것들은 사라지지 않는다. 마음속에 남아있는 깊은 흔적을 누군가에게 이야기하고, 그리워한다면 말이다. 원하는 대로 이룰 것이라는 믿음의 문신 하나면 당신은 그 누구보다 강한 사람이 된다.

기둥과 담쟁이가 서로 어우러져 사색의 공간을 조성한다.

자연과 길, 건축이 유기적으로 연결된다.

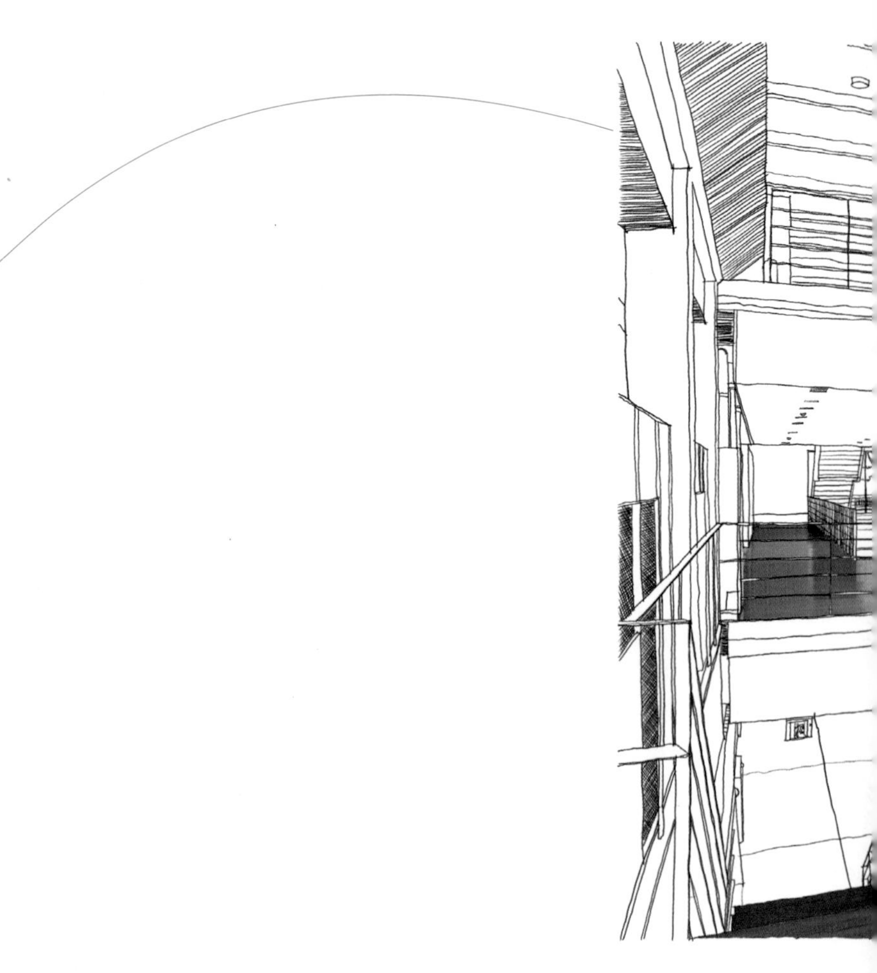

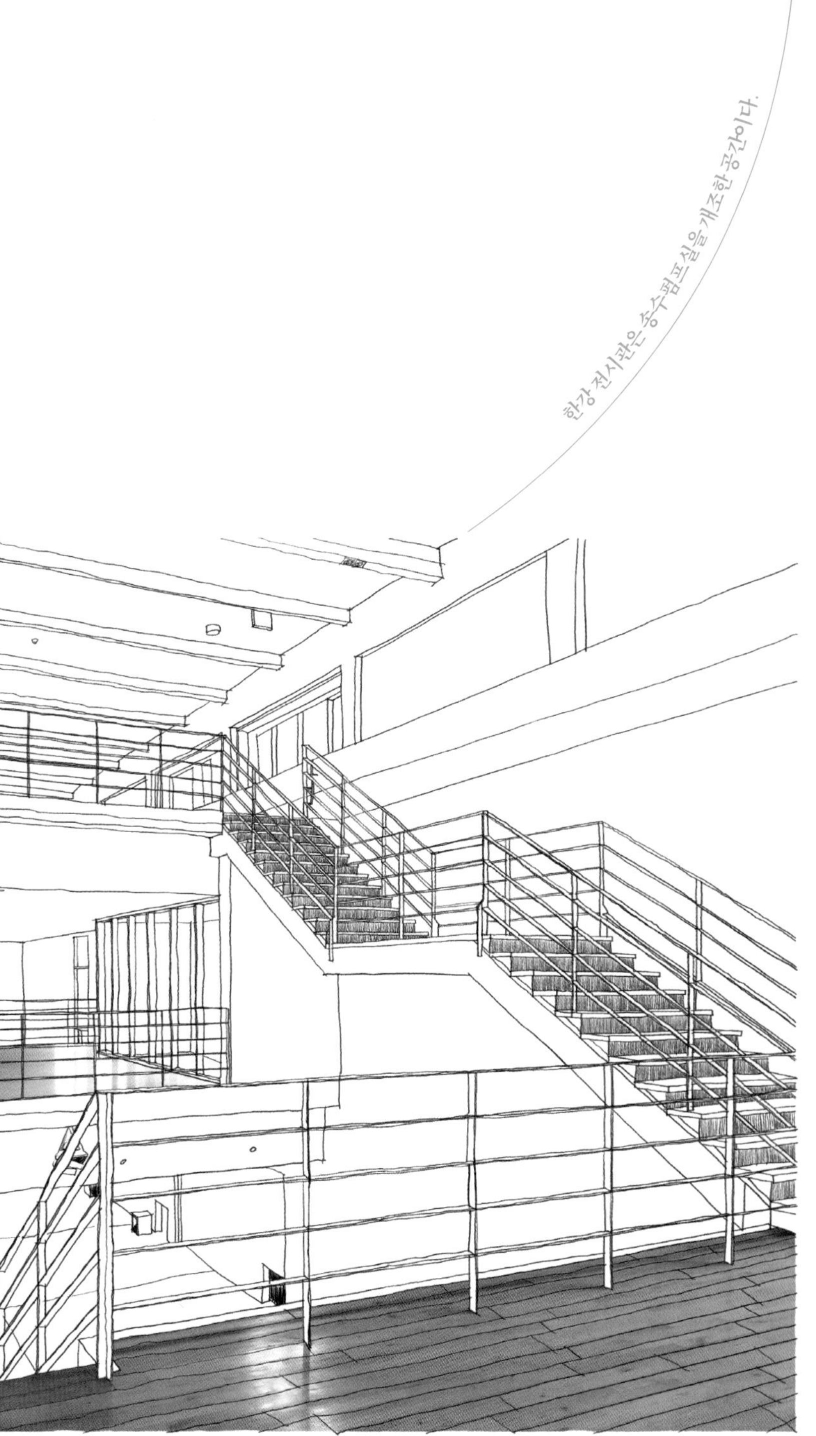

한강 전시관은 송수펌프실을 개조한 공간이다.

미완의 건축, 이상의 집

●

서촌은 여전히 정적이다.
유명해진 거리의 북적임 속에서도 동네 사람들은
제자리를 지키려고 노력한다.
그 안에서 건물은 점점 낡아져 가지만,
누구도 빨리 가라고 재촉하지 않으며 변화하라고 요구하지 않는다.
그래서인지 조용하다.
오래된 풍경 속을 천천히 걷다 보면 찰나의 여운이 남는다.
이상의 집.
그저 그 자리에 머물러 있었을 뿐인데 서촌과 긴 시간을 공유했고,
어디에나 있을 법한 일상의 풍경을 새롭게 만나게 한다.

이상의 흔적을 찾아서

북적이는 통인동 거리에 '이상의 집'이 있다. 정확히 표현하면, 이상이 살던 집이 아닌 그가 살았던 집터이다. 이상의 흔적은 어디에도 없다. 하지만 3살부터 23살까지 20년 동안 살았던 집터이기에 인간 김해경(이상의 본명)의 흔적을 유일하게 살펴볼 수 있는 장소이다. 서재의 묵직한 검은색 철문을 열고 들어가 좁고 어두운 계단을 오른다. 2층 베란다에 서면 멀리 인왕산 줄기가 보인다. 전면 유리창 너머로 1층 마당과 골목길, 사람들이 보인다. 이상도 이 땅을 밟고 걸으며, 이곳에서 보이는 하늘과 골목을 보았을 것이라는 생각에 사로잡힌다. 아주 잠깐, 이 골목길에 나와 이상이 함께 서 있다. 아직 미완으로 남아 있는 나의 상념과 이상이 만나는 지점이다.

이상이 23살까지 살았던 통인동 본가는 서촌에서 큰 한옥이었던 것으로 보인다. 집의 옛 모습은 하나도 남아있지 않지만, 본채와 행랑채 그리고 사랑채까지 약 300여 평의 넓은 집이었던 것으로 전해진다. 1932년 큰아버지가 돌아가시자 집 장사에게 팔렸다. 여러 개의 필지로 나뉘어 그중 일부는 도로에 편

한옥 마당에서 보이는 하늘이다. 언젠가 이상도 이 하늘을 바라보았을 것이다.

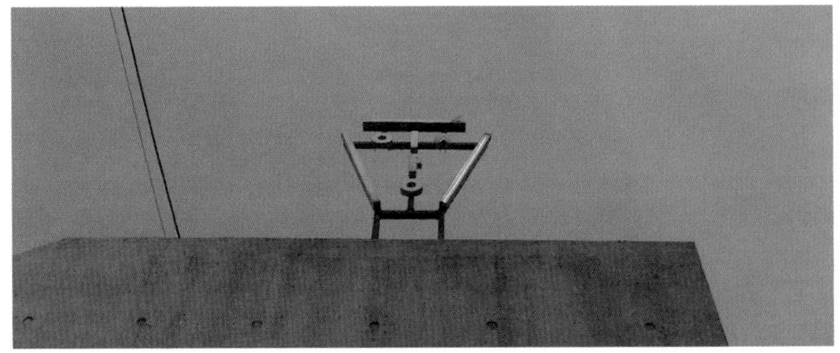

2층 발코니에서 바라보면 기와지붕과 골목길을 지나가는 사람들이 보인다.

입되었다. 남은 10여 개의 작은 필지에 도시형 한옥이 지어져 팔려나갔다. 이상의 집은 2009년 문화유산국민신탁이 후대에 남길 첫 보전재산으로 매입해 재단법인 아름지기와 협력 사업으로 개관을 진행했다. 2011년 4월 개관하여 2013년 개보수 작업을 거쳐 2014년 3월에 지금의 모습으로 재개관했다. 매입할 당시 공간은 매우 협소했다. 5명의 건축가가 '어떻게 하면 이상다운 공간을 재창조할 수 있을지'에 대해 논의하였다. 그 결과 큰 간판에 가려져 있던 기와지붕을 본래 모습대로 되돌렸다. 원형 그대로의 기와와 대들보를 살렸다. 이상의 집을 리노베이션한 건축사사무소 스와(SSWA)의 이지은 건축가는 좁은 내부 공간의 벽을 허물고 통유리를 적용하여 최대한 넓게 사용하고자 했다. 'ㄱ'자 한옥 뒤에는 콘크리트 박스로 2층 구조의 '이상의 방'을 만들었다.

지금 여기에 담긴 이상

이상의 집은 투명하고 가벼운 유리창과 불투명하고 무거운 철문의 재료가 대비된다. 이와 함께 'ㄱ'자 한옥 한 채와 콘크리트 박스가 어우러져 있다. 무엇보다도 골목길에서 전면 유리창 너머로 이상의 집 내부 전체가 들여다보인다. 내부의 벽과 문을 통유리로 만들어 현대적인 느낌과 전통 가옥의 분위기가 공존한다. 통유리는 이상의 집 안과 밖을 자연스럽게 연결한다. 사람들의 시선은 투명한 유리를 통해 골목에서 서재를 지나 마당까지 이어진다. 골목길을 거니는 사람들도 가끔 신기한 눈으로 이상의 집 내부를 들여다본다. 때로는 통유리를 사이에 두고 서재에서 책을 읽던 사람과 눈이 마주치기도 한다. 빛의 영향으로 통유리에 자신의 모습이 투영되면 마치 이상의 시 〔거울〕 속의 자신과 마주하는 것 같다. 시선의 소통을 통하여 나와 너 그리고 우리가 자연스럽게 서로 마주친다.

아기자기한 마당은 긴 여백 속 여운을 준다.

한옥과 콘크리트 박스 사이에 생긴 마당은 아담한 여백을 만든다. 사람도 소리도 하늘도 공간도 여기에서 만난다. 가만히 자리에 앉아 있으면 마음이 평화로워진다. 건물과 여백이 사람이 머무르기 적당한 크기와 공간으로 짜여 있어서 편안함을 주는 듯하다. 아무 생각 없이 앉아 있다 보면 시간 가는 줄 모른다. 현실 세계와 동떨어진 이상 세계에 와 있는 것 같다. 여백은 미완의 공간이고 인생은 미완이다. 서 있는 사람의 마음에 따라 미완의 공간이 완성되어 간다.

전면 유리창과 마주 보는 곳, 'ㄱ'자 한옥과 콘크리트 박스가 만나는 곳에는 육중한 철문이 있다. 문을 열면 다른 세계가 펼쳐질 것 같다. 무거워서 잘 열리지 않을 것 같지만, 당황스럽게도 너무나 쉽게 열린다. '이상의 방'으로 들어가는 문이다. 문을 여는 순간, 밝게 비치던 햇빛은 사라지고 짙은 어둠이 맞이한다. 왼쪽 검은 벽에는 시인 이상의 삶이 영상으로 흐르고 옅은 햇빛이 계단을 타고 들어온다. 이상과 만나는 짧은 순간이면서 긴 지하통로로 올라가는 느낌이다. 2층 발코니에 서면 현실의 세계와 마주한다. 삶과 죽음이 찰나에 겹쳐지는 순간 같다.

육중한 철문은 너무나 가볍게 열린다. '이상의 방'은 내면의 세계와 현실의 세계가 만나는 공간이다.

집 공간 하나하나에 이상을 떠올릴 수 있는 수많은 단서들이 새겨있다. 이상이 살던 집은 아니지만, 기억 속에 그리고 시간 속에 남아있는 완성되지 못한 이상의 흔적들을 고스란히 건축 공간 안에 담아냈다. 어쩌면 인간이란 완성되지 못한 채 죽는다. 이상의 문학이 '미완의 문학'이듯이, 이상의 집도 '미완의 건축'으로 남아있다.

골목길에서 전면 유리창 너머로 이상의 집 내부가 들여다보인다.

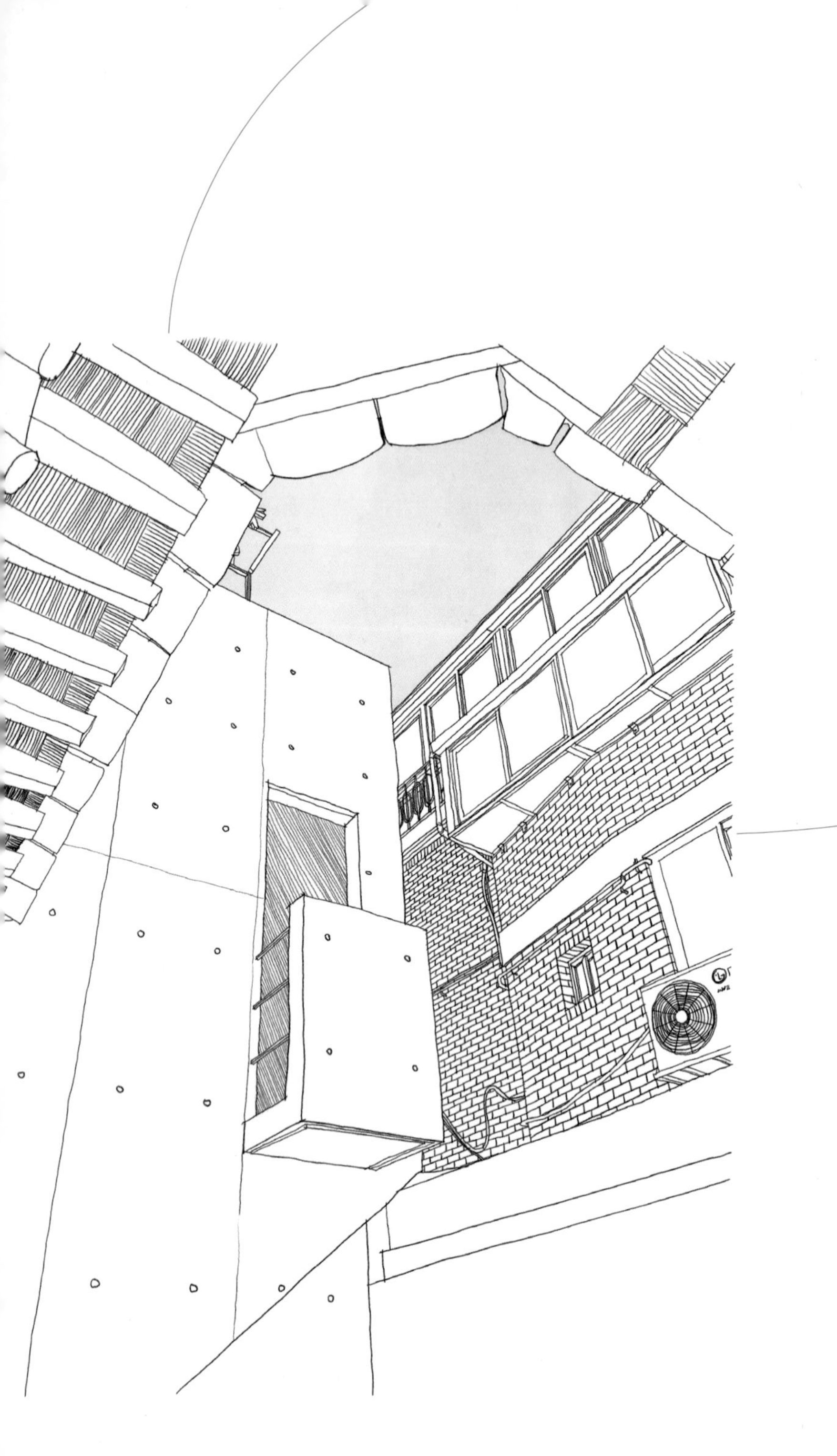

'ㄱ'자 한옥과 노출 콘크리트 건물이 어우러져 있다.

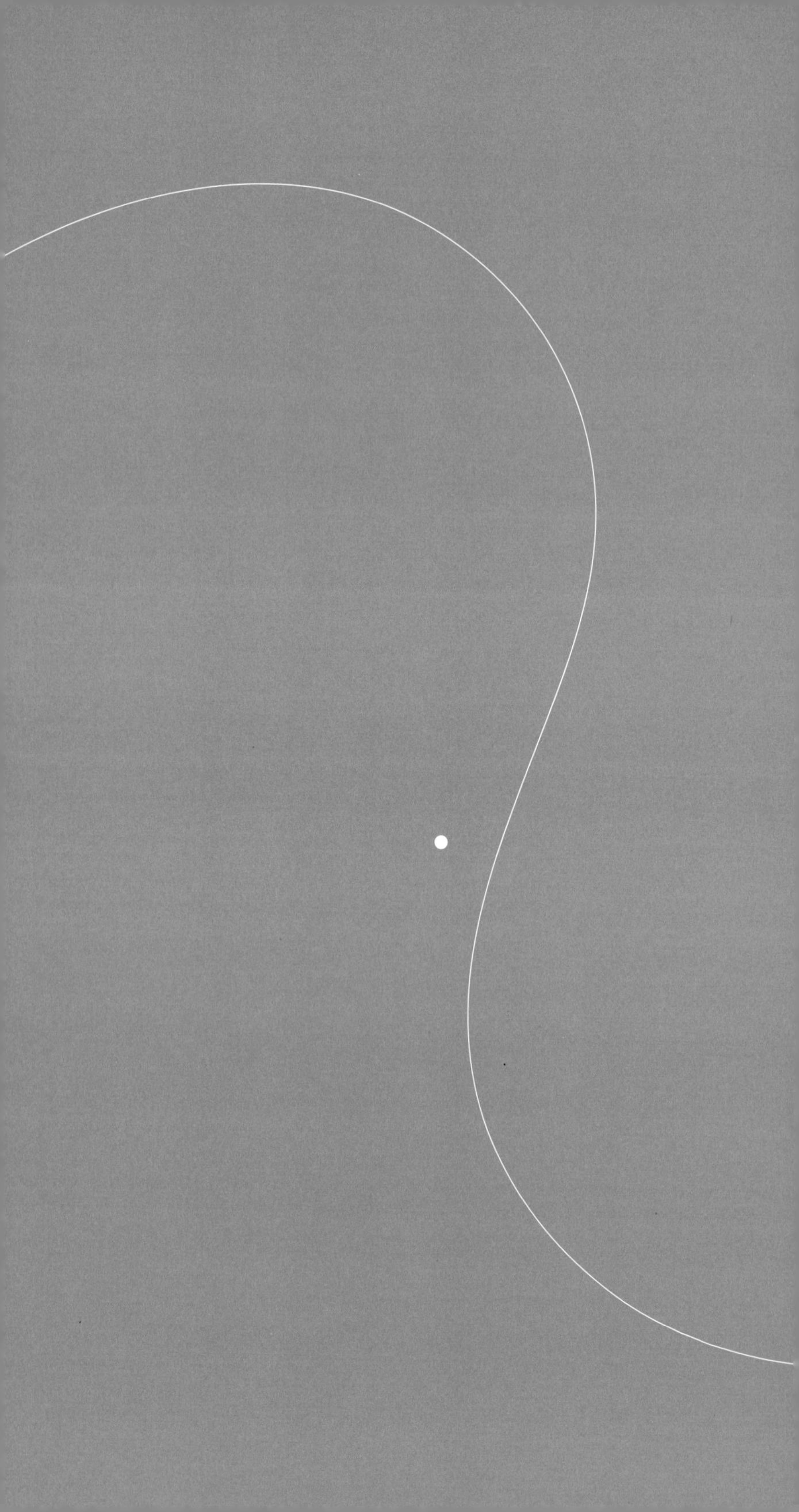

옛것

쉼표 같은 공간, 덕수궁

오래된 기억의 종착점, 동묘

도란도란 속삭이는, 순라길

쉼표 같은 공간, 덕수궁

나른한 오후, 한없이 잠이 쏟아질 때 한 번씩
나도 모르게 덕수궁을 찾는다.
길을 따라 서울시립미술관을 지나 정동길을 걷다 보면
고요하고 아늑한 느낌에 빠져들기 마련이다.
사실 덕수궁 돌담길은 궁궐의 외각 길이 아니다.
일제가 1922년 덕수궁 서쪽에 있던 선원전(璿源殿)터를
관통하는 도로를 만들면서 생긴 길일 뿐이다.
상상하기 어려운 세월의 흔적이 묻어 있는 장소 안에
오래된 역사의 한 모퉁이인 덕수궁이 있다.

시간의 층위

덕수궁은 조선 시대를 통틀어 크게 두 차례 궁궐로 사용됐다. 임진왜란 때 피란을 갔다가 돌아온 선조가 머무를 곳이 없어 월산대군의 집이었던 이곳을 임시 거처(정릉동 행궁)로 삼으면서다. 이후 광해군이 창덕궁으로 옮겨가면서 정릉동 행궁에 새 이름을 붙여 경운궁(慶運宮)이라 불렀다. 경운궁을 다시 궁궐로 사용한 것은 조선말 러시아 공사관에 있던 고종이 이곳으로 옮기면서부터다. 고종은 러시아 공사관에서 돌아와 조선의 국호를 대한제국으로 바꿨다. 새로 환구단을 지어 하늘에 제사를 지낸 뒤 황제 자리에 올랐다.

중화전은 덕수궁의 중심 건물로 임금이 하례를 받거나 국가 행사를 진행하였던 곳이다. 처음에는 중층이였으나 1904년 화재로 소실된 이후 1906년 단층으로 중건했다.

대한제국 선포는 조선이 자주독립 국가임을 대외에 밝혀 정국을 주도해 나가고자 한 고종의 선택이자 의지였다. 대한제국의 위상에 맞게 경운궁의 전각들을 다시 세워 일으킨 것도 같은 맥락이었다. 당시의 궁궐은 현재의 궁역보다 3배 가까이 넓어 시청 앞 광장 일대까지 포함했다. 하지만 고종은 일제의 강압으로 왕위에서 물러난다. 1907년 고종이 순종에게 왕의 자리를 물려준 뒤 경운궁은 '고종의 장수를 빈다'는 뜻에서 덕수궁(德壽宮)으로 이름이 바뀌었다. 덕수궁은 누군가에게는 생생한 모습으로, 누군가에게는 희미한 모습으로, 누군가에게는 기억하고 싶지 않은 모습으로, 누군가에게는 평생 남겨두고 싶은 모습으로 기억되고 있을 것이다.

중화전의 빛에 기대어 잠시 머무르다.

유현문은 전돌로 만든 아름다운 문이다.

정관헌 바깥 기둥의 오얏꽃(李花) 문양과 소나무·사슴·박쥐 등을 투각한 난간의 모습이다.

쉼표

고궁에서 한적한 산책은 사랑하는 사람들에게 둘만의 의미를 더듬어 볼 수 있는 작은 계기가 되어주기도 한다. 덕수궁은 궁궐이었던 과거부터 현재의 도시가 되기까지 수백 년의 시간이 겹겹이 쌓인 곳이다. 순간순간 왕과 왕비가 사랑하던 모습을 상상해 볼 수 있다. 중화전을 지나 걷다 보면 고종이 잠들기 전 명성황후를 수없이 떠올렸을 침전이 조금씩 보이기 시작한다. 함녕전은 고종이 평상시에 거처했던 편전이자 침전으로 사용한 곳이다. 고종이 승하한 곳이기도 하다. 덕수궁에는 다른 궁과 달리 왕비의 침전이 따로 없다. 고종이 명성황후 승하 후 다시 왕비를 맞이하지 않았기 때문이다. 고종은 함녕전에서 시간이 지날수록 기억 속에서 희미해져 가는 명성황후를 떠올리며 그리워했을 것이다.

함녕전 뒤에는 화계를 정원 삼고 있는 정관헌 건물이 눈에 띈다. 정관(靜觀)

이란 이름 그대로 '조용하게 세상을 바라보는 곳'이다. 전화, 커피, 사진 등에 관심이 많았던 고종이 연회를 열거나 커피를 마시고 음악 감상을 하며 휴식을 취했던 공간이다. 여기서 가끔은 명성황후와 행복한 세상도 꿈꾸었을 것이다. 넓은 홀 뒤에는 벽돌조의 건물을 지었다. 연회를 베풀 때 다과 등의 음식을 준비하던 곳으로 보인다.

1900년에 지은 정관헌은 러시아 건축기사인 사바틴(Sabatine)이 설계한 건물이다. 경운궁 선원전의 화재로 태조의 영정을 이곳에 잠시 봉안하면서 경운당(慶運堂)이란 명칭으로 부르기도 했다. 1906년에는 고종과 순종의 초상화를 잠시 이 건물에 봉안했다. 해방 후에는 덕수궁을 찾는 사람들에게 차와 음료를 팔던 카페가 들어서기도 했다. 고종이 러시아 공사관에서 경운궁(덕수궁)으로 환궁할 무렵 몇 채의 서양식 건물을 궁내에 지었다. 그 당시 건립된 초기 서양식 건물 중 유일하게 남은 게 정관헌이다. 내부 기둥은

정관헌은 정면 7칸, 측면 5칸의 로마네스크 양식으로 지었다.

인조석으로 둔중한 로마네스크 양식의 주두(柱頭)를, 바깥 기둥은 목재로 화려한 코린트 양식 주두를 얹고 있다. 바깥 기둥에는 대한제국을 상징하는 오얏꽃(李花) 문양을 양각했고, 소나무·사슴·박쥐 등을 조각한 난간을 설치했다. 전통적 문양(文樣)을 가미한 서양식 테라스를 설치한 것이다. 정관헌은 테라스에서 덕수궁 일대를 바라보며 느긋하게 쉬어갈 수 있는 유일한 공간이다.

세월은 흔적들을 사라지게 한다. 희미한 기억만 남는다. 사랑도 그렇다. 하지만, 우리는 그 추억 속에 남겨진 사랑을 믿는다. 시간이 흐를수록 새로운 추억이 쌓인다. 덕수궁도 파란만장한 세월을 고스란히 담아내며 지금도 사람들과 추억을 만들고 있다. 현재는 순간 과거가 된다. 우리는 이 순간에도 끊임없이 새로운 추억을 만들어 가고 있으며, 붙잡을 수 없는 기억들은 사진 속에 남겨두려고 노력한다.

내부 기둥은 둔중한 로마네스크 양식의 주두 모양이다.

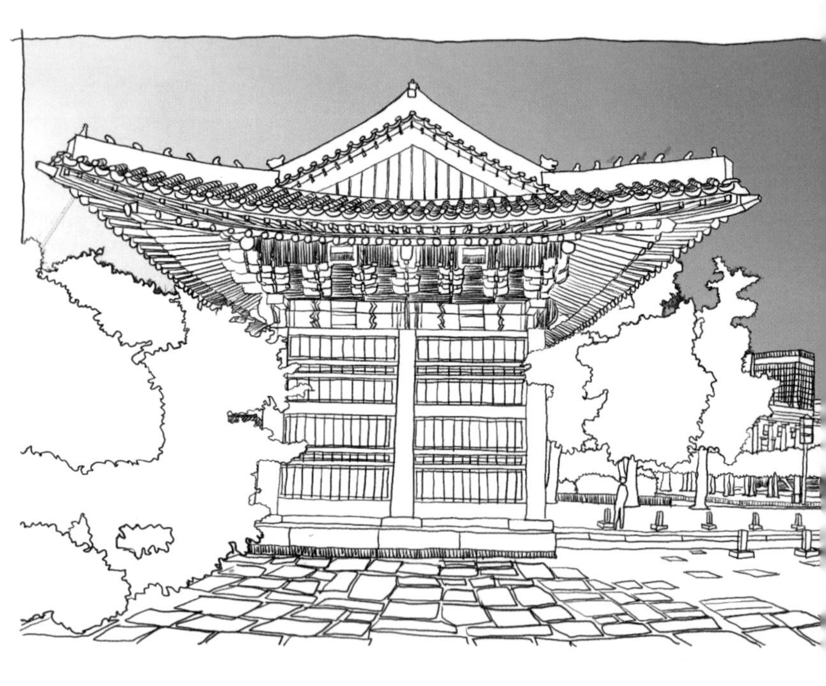

중화문을 지나 월대 위의 중화전을 앞에 두고 조정이 펼쳐져 있다.

오래된 기억의 종착점, 동묘

TV 프로그램에서 연예인들이 동묘에서
구제 옷을 사는 모습이 방송된 적이 있다.
그 후, 동묘 벼룩시장은 젊은 사람들에게 유명해졌다.
여기는 손때가 묻고, 나사가 하나쯤 빠진 듯한 물건들이
돌고 돌아 흘러드는 장소다.
개개인의 사연을 안고 모인 다양한 사람들과 물건들이
생동감 넘치는 에너지를 방출한다.
또한, 오래된 기억을 만날 수 있다.

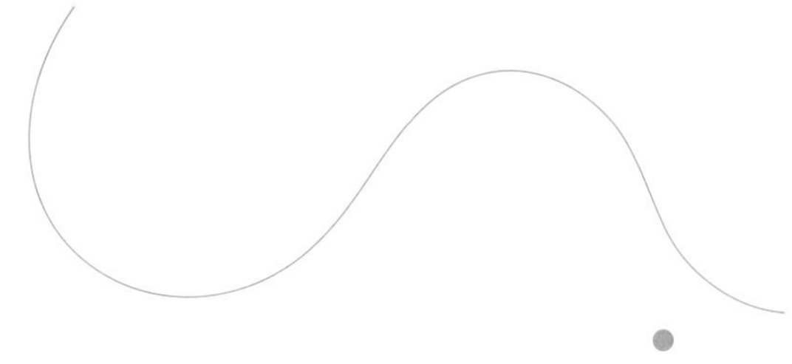

우리가 찾고 싶은 기억이란

중고 물품들은 동묘시장을 구제 박물관이라고 불릴 정도로 풍성하게 만드는 중요한 요소다. 동묘 앞에 펼쳐진 구제 물품도 볼거리가 풍성하지만, 골목 안쪽에 있는 중고 책방도 매력적이다. 절판된 각종 서적, 한문 및 영문 서적과 오래된 잡지 등이 어지럽게 놓여 있다. 원하는 것은 마치 보물 찾듯이 어렵지만, 그저 들추어보는 것만으로도 시간이 훌쩍 지나간다. 주말이 되면 동묘의 벼룩시장은 각지에서 모여든 사람들로 붐빈다. 사람들이 넘치면 피곤하고 흥미가 떨어지기 마련이지만, 이곳은 사람이 많을수록 더 재미있고 볼거리가 풍성해진다. 활기 넘치는 시장 안에 있으면, 건강한 기운이 절로 생기는 기분마저 든다.

사람이 몰리는 곳에는 여러 생각과 표정들이 존재하기 마련이다. 동묘의 벼룩시장을 좋아하는 사람의 수만큼 싫어하는 사람도 많다. 좌판에 아무렇게나 쌓인 옷들을 보면 그것들에 어떤 이야기가 녹아 있는지, 누구의 손때를 탄

긴 담벼락을 따라 이어진 좌판과 그 주위에 모인 사람들이 동묘의 풍경을 만든다.

동묘시장은 사람들이 북적이고 길이 이곳저곳에 펼쳐져 있다.

건지 짐작조차 할 수 없어 선뜻 손이 가지 않는다. 혹시 이상한 물건을 샀다가 손해를 보면 어쩌나 걱정도 된다. 전자제품 같은 경우에는 제대로 작동하지 않아서 수리비가 더 들 수도 있다.

모든 일에는 너그러운 마음이 필요하다. 그렇다고 만지고 싶지 않을 만큼 더러워 보이는 물건이나 작동이 의심되는 전자제품들을 사야 한다는 말은 아니다. 사람은 각자의 취향이 있다. 물건을 그냥 지나쳐도 좋고, 구경만 해도 좋고, 사도 좋다. 변하지 않는 것은 이곳이 아주 오래전부터 사람과 함께 존재하던 장소라는 사실이다. 대형 마트에서 경험할 수 없는 사람과 사람 사이의 관계를 느낄 수 있다. 모르는 물건을 사는 것이 아니다. 아저씨와 아주머니, 할아버지와 할머니의 얼굴을 직접 보면서 물건을 산다. 동묘에는 다양한 얼굴이 있고, 그 얼굴을 마주하면서 관계를 맺는다.

중국 묘사 형식을 본뜬 건축답게 평면 구성, 지붕 구조, 외부 마감 등이 우리의 전통 건축과는 매우 다른 이색적인 건물이다.

조금 다른 느낌의 물건들과 같은 동관왕묘

동묘는 기계로 가공해 만들어 내는 물품이 넘쳐나는 세상에서 조금은 다른 느낌의 물건이 넘쳐나는 장소이다. 20~30년 전에 유행했던 물품들이 많다. 축음기부터 타자기, 오래된 전자제품, 지금은 가지고 다니지 않는 워크맨, 만년필과 구제 의류, 각종 골동품과 기념품까지 이제는 쉽게 볼 수 없는 것들이 즐비하다.

보물 제142호로 지정된 동묘도 그러한 것 중 하나다. 아무런 관심 없다는 듯한 표정으로 복잡한 동묘 한쪽에 자리 잡고 있다. [삼국지]의 영웅 관우를 모

정전은 전면을 제외하고 3면에 좁은 툇간을 두고 열주를 세웠다.

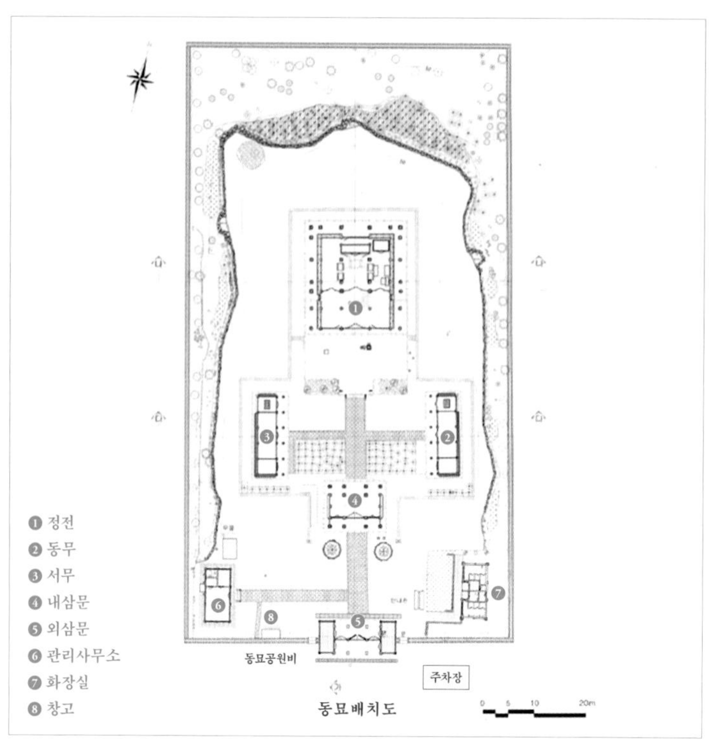

동묘 배치도(출처 : 동묘의 건축)

시는 묘우(廟宇)로, 정식 명칭은 동관왕묘(東關王廟)이다. 서울의 동쪽에 있는 관왕묘라는 뜻이다. 조선 말기에는 관왕을 관제라고 높여 불러 관제묘(關帝廟)라고도 불렀다. 문선왕(공자)을 모시는 문묘에 대응해 무안왕인 관우를 모신다고 하여 무묘(武廟)라고도 불렀다. 이곳 외에도 관우를 받드는 사당으로는 남묘, 북묘, 서묘가 있었는데 지금은 동묘만 남아있다. 북묘와 서묘는 일제강점기에 사라졌고, 남묘는 한국전쟁 때 불탄 것을 다시 세웠다가 현재는 사당동 쪽으로 옮겼다. 동묘는 이들 가운데서 규모가 가장 크고 격식을 제대로 갖춘 대표적인 관우의 사당이다.

동묘는 우리의 의지보다는 중국의 영향이 크게 작용해 세운 까닭에 건립한 뒤 한동안 방치되다시피 했다. 담장으로 에워싸인 장방형의 대지위에 건물들이 남북 축선 상으로 배치되어 있다. 동묘 안 정전은 건립 당시 중국의 관여 때문인지 우리 건축과는 무척 다른 중국식 건물 양식이다. 활기 넘치는 거리 가운데 자리한 동묘는 어쩌면 기억 속에서 지워진 장소일지도 모르겠다. 하지만 그곳 사람들과 동화되어 하나의 풍경을 만들어내고 있다.

동묘의 긴 담벼락을 따라 이어진 좌판의 모습은 묘한 동질감을 불러일으킨다. 이 담벼락은 덕수궁 돌담길 같지는 않지만, 좌판을 벌인 상인들 때문에 인간적이다. 소란스러운 외부와 달리 동묘 안은 고요하다. 도심 속에 이처럼 아담하고 평온한 공원은 찾아보기 힘들 듯하다. 외삼문을 통해 들어가면 서쪽에 관리사무소가 있다. 동쪽으로는 네모지게 쌓은 석단이 보인다. 중문인 내삼문 안뜰 정면으로는 정전이 있으며, 좌우에는 대칭으로 동무와 서무가 있다. 정전은 전면을 제외하고 3면에 좁은 툇간을 두고 열주가 세워져 있다. 동묘 주변을 구경하다 잠깐 들어와 휴식을 취하기 좋다.

때로는 익숙한 것들이 낯설게 다가올 때가 있다. 구제 물품들도, 동묘도 그렇다. 그럴 때는 나도 모르게 설렌다. 설렘은 내일을 위한 새로움으로 변모된다. 가끔은 설렘을 위한 낯섦이 필요하지 않을까?

동묘는 시장 거리와 이질감 없이 함께한다.

소란함을 잠시 뒤로하고 기둥 사이를 천천히 걸어본다.

도란도란 속삭이는, 순라길

●

흐르는 시간 속에서 모든 게 과거가 되어가지만
변하지 않는 것들도 있다. 그래서 추억은 소중하다.
'많은 게 변했겠지?'
생각하면서 순라길을 다시 찾았는데, 기억 속의 모습 그대로 남아있었다.
순라길을 걸으며 서민적이라는 것을 새삼스레 깨달았다.
덕수궁 돌담길의 고급스러운 분위기와는 다른 예스러움이 가득하다.
어찌 보면 덕수궁 돌담길보다 더 걷기 좋은 길일지도 모르겠다.

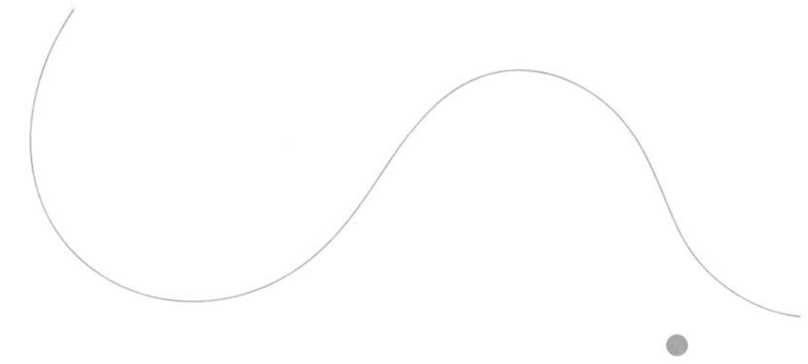

예스러움 그대로

순라길은 종묘를 둘러싸고 있는 골목길이다. 화려하거나 볼거리가 많은 곳은 아니다. 종묘를 가운데 두고 왼쪽은 서순라길, 오른쪽은 동순라길이다. 자연 발생한 골목길 형태를 간직한 순라길은 조선 시대 순라군들이 야간에 화재와 도적을 경계하기 위해서 육모방방이(법외형구)를 들고 순찰하던 길이다. 주거지와 종묘를 경계로 조성된 선형(線形)공간이 그대로 길이 된 것이다. 과거에는 너비가 2m도 안 되는 흙길이었다. 1930년대 도시화로 인해 대형 필지가 작은 필지로 나뉘면서 들어선 가옥의 벽면과 종묘 담장이 순라길의 경계가 되었다. 동순라길은 주택가를 사이에 둔 작은 골목이다. 종묘공원 입구에서 원남동 우체국까지 600m 거리다. 자동차 한 대가 지나다닐 정도로 좁은 길의 왼쪽 높은 옹벽 위에는 종묘 담장이 있다. 담장이 높은 곳에 있는 이유는 종묘가 북악산 응봉 줄기의 끝자락 서쪽 경사면에 있기 때문이다. 서순라길은 종묘공원 입구에서 창덕궁 앞길인 율곡로까지 약 800m 거리다. 사람이 걸어 다닐 수 있는 보행로와 길을 향해 열려 있는 건물들 그리고 종묘의 돌담이 병풍처럼 놓여 있다.

서순라길의 높이 솟은 담장을 끼고 걷다 보면 어느새 한적한 소도시에 온 듯하다.

작은 음식점과 야외 탁자들 그리고 이런저런 이야기를 나누는 어르신들이 정겹다.

세월에 따라 순라길을 이용하는 사람들도 달라졌다. 조선 시대에는 양반과 내시들이, 일제강점기에는 주로 순사들이 다녔다. 해방 후에는 봇짐과 나무를 진 행상들이 드나들었다. 순라길은 한때 자취를 감출 뻔한 적이 있었다. 1950년대 후반 극심한 가난으로 이곳에 좀도둑이 들끓었다. 급기야 정부는 이 길을 막아버렸다. 그 사이 사람들은 돌담 앞까지 집을 조금씩 늘려나갔다. 1995년 종로구에서 현재의 서순라길을 일방통행 1차로로 정비하면서 이름만 전해지던 순라길이 지금과 같은 모습을 되찾았다. 종묘 돌담에서 주택가로 이어지는 작은 언덕 위의 불법 점유물을 헐어냈다. 그다음 언덕을 깎아 도로를 만들고 역사문화 탐방로로 지정하면서 돌담을 복원했다. 2006년에는 서순라길 입구와 종묘 사이의 기존 주택들을 철거하고 공원을 새롭게 조성하기도 했다.

그냥 이대로의 추억

순라길을 돌아보려면 종묘에서 시작하는 것이 좋다. 종묘공원 입구에서 귀금속 상가를 지나 돌담길 초입에 들어선다. 조용히 지저귀는 이름 모를 새소리와 돌담에서 전해지는 고요함이 발걸음을 인도한다. 상대방을 이해하기 위해서 끊임없는 대화가 필요하듯이 길과 건물, 사람도 접촉을 통해 이야기를 나누고 서로를 감싼다. 누가 더 먼저랄 것 없이 조금씩 양보하며 세월의 때를 입는다. 우리도, 순라길도 그렇게 나이를 먹어간다. 서순라길은 은행나무와 느티나무 가로수가 3~4m 간격으로 열을 맞춰 서 있다. 주택가 쪽으로는 작은 음식점과 보석 세공집이 오밀조밀 모여 있다.

높이 솟은 담장을 끼고 걷다 보면, 종묘 돌담이 생각보다 높다는 것을 알 수 있다. 종묘 안을 들여다보려 해도 너무 높아 불가능하다. 그 위엄에 잠시 엄숙해진다. 길 안쪽으로 들어갈수록 예스러운 분위기가 더해진다. 종묘 돌담 너머로는 100년 된 갈참나무들이 검은색 담장 기와를 넘어 큰 그늘을 드리운다. '좋다'라는 말 이상 무엇이 필요할까. 팔각 가로등과 돌의자가 어우러져 운치를 더한다. 허름한 이발소, 과학사, 상패(賞牌)사, 수리점이 있는 길 풍경은 마치 한적한 소도시의 동네 입구 모습과 비슷하다. 길은 깨끗하게 정비되어 있고 돌담 위로 높이 솟은 참나무는 그늘을 만든다. 아직 자본의 욕망이 덜 침투한 듯한 동네는 사람들에게 삶의 여유를 느끼게 한다.

서순라길 주거지에는 오밀조밀 작은 규모의 주택들이 남아 있다.

종묘에서 동순라길로 넘어가는 길은 서순라길의 아기자기함이 없다.

반면에 누군가에게는 안 좋은 기억으로 남을지도 모른다. 길가에 주차한 차량과 보행로를 점령한 짐들이 편안하게 걷고 싶은 사람들을 방해하기 때문이다. 하지만 난 그냥 이대로 남아주길 바란다. 우리 아이들이 자라면 함께 이 길을 걸으며 엄마와 아빠의 추억을 이야기해 주고 싶다. 아이들이 어른이 되어 자신의 아이들에게 또 다른 기억을 만들어 주었으면 한다. 추억은 또 다른 추억이 되어 영원히 남을 것이다. 그러면 순라길도 사라지지 않을 것이다. 우리는 우리가 사는 장소들이 들려주는 이야기에 끊임없이 귀 기울여야 한다. 도시와 건축과 사람은 그렇게 닮아 있다.

종묘 앞 서순라길로 이어지는 종묘 돌담의 모습이다.

동순라길은 주택 사이의 작은 골목들이 연결된다.

길과 사람과 건물이 서로의 추억을 공유하는 장소이다.

소통

역사를 복원하여 땅에 아로새긴, 선농단역사문화관

너와 나 사이, 세종문화회관

예술이라는 이름의 전당, 예술의전당

역사를 복원하여 땅에 아로새긴, 선농단역사문화관

●

조선 시대에는 선농단에서 왕이 몸소 밭갈이를 시범하는
친경이 끝나면 귀한 고기로 국물을 내어 백성들에게 나누어 주었다.
이를 선농단에서 내린 국밥이라 하여 '선농탕'이라고 불렀다.
오늘날 설렁탕의 유래이다. 왕이 풍년을 기원하는 제사를 지내고
친경례를 거행하는 행사를 선농제라 하는데,
그 선농제를 지내던 곳이 바로 선농단이다.
선농단의 역사적 가치를 회복하기 위해
선농단역사문화관과 역사문화공원이 조성되었다.

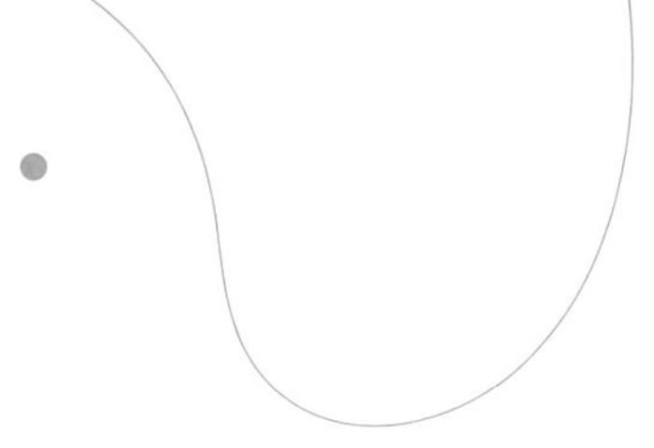

현재의 선농단이 되기까지

선농제의 역사는 고대부터 시작된다. 〔삼국사기〕에 신라가 절기에 맞추어 세 번 제사를 지냈다는 기록이 처음 등장한다. 그중 입춘 후에 지내는 제사를 선농(先農)이라 했다. 이후 고려 시대에 성종이 친경 의식을 위해 적전을 설치했고, 의종 때 선농단 제도가 정비됐다. 조선 태종 때는 선농단의 형태와 제도를 정비하여 선농만 지냈다. 성종 대에 이르러 비로소 친경 의식 전반에 걸쳐 절차를 정리했다. 이후 성종 6년에 조선 건국 이후 최초로 선농제를 지냈다. 왕이 시범을 보이는 친경이 적극적으로 논의된 것은 숙종 때이며, 오랫동안 중단됐던 친경 의식은 영조에 이르러서 다시 거행됐다. 1909년과 1910년, 순종이 거행한 제사를 마지막으로 사직단으로 위패가 옮겨지고 제향이 폐지됐다. 일제강점기인 1916년에 누에 종자 보급 기관인 원잠종제조소가 동적전 인근으로 이전되면서 선농단 주변이 크게 변화되고 훼손되었다. 1923년 사이토마코토 총독에 의해 방치되어 황폐된 선농단이 한 차례 정비

선농단 내유 안의 사각형 제단 뒤로 아파트 단지가 보인다.

지하에 있는 건물로 인하여 지붕 위의 선농단은 도로에서 접근하도록 계단을 조성했다.

됐다. 1938년에 경성여자사범학교가 세워졌다. 1939년 학교 기숙사가 계획되면서 향나무를 기준으로 남향에 있었던 제단 위치가 변경되었다. 해방 이후에는 그 부지가 서울대학교 사범대학으로 이어졌으며, 1957년까지 학생들의 휴식 공간으로 이용되었다. 1970년 서울대가 관악으로 통합 이전하며 대한주택공사에서 부지를 매입했다. 이후 주변으로 주택 단지가 들어서면서 어린이 놀이터로 변했다.

1979년에 지역 주민들이 대가 끊긴 선농제를 다시 지내면서 이에 관심이 높아졌다. 1988년에 동대문구가 중심이 되어 선농제를 복원하였고 지역 행사로 이어오고 있다. 1994년 서울정도 600년 기념사업의 일환인 뿌리 찾기 사업으로 복원 과정을 거쳐 2009년 이후 선농단 정비 및 역사 공원 조성 기본계획이 수립되었다. 선농단역사문화관은 동인 건축사사무소에서 설계하고, 2015년에 개관했다.

선농단역사문화관의 시간

복원된 선농단은 선농단역사문화관의 지붕이다. 지하에 있는 건물로 인하여 외부의 선농단은 도로에서 접근할 수 있도록 계단을 조성했다. 계단을 따라 올라가면, 총 4개의 홍살문으로 둘러싸인 바깥의 외유와 안쪽의 내유로 나뉜다. 내유에는 흙으로 만들어진 사각형의 제단이 있다. 제단에서 북쪽의

600여 년 된 향나무를 중심으로 과거 선농단의 위치와 크기를 유추해 볼 수 있다.

홍살문을 바라보면 멀리 있는 아파트 단지가 시선을 가로막는다. 600여 년 된 향나무를 중심으로 과거 선농단의 위치와 크기 등을 유추할 뿐이다. 선농단은 위치가 바뀌고 규모가 변화되었지만, 향나무는 여전히 옛 자리에 그대로 남아 있다. 선농단을 기준으로 보면 선농단역사문화관은 지하 1층이지만 입구에서 바라보면 지상 1층으로 콘크리트 기둥 두 개가 지붕 슬래브를 받쳐 올리고 있다. 사람들의 쉬운 접근을 위해 열린 공간을 만들었다. 어두운색 벽체는 밝은색의 슬래브와 경계를 명확히 하여 마치 지붕 슬래브가 공중에 떠 있는 듯 보인다. 외벽은 정갈하게 쌓인 석재와 가로줄 무늬인 깨진 기와 조각으로 시공되어 전통적인 분위기와 함께 편안한 느낌을 준다. 세로로 긴 창은 재료와 조화를 이루도록 디자인됐다.

전시관 중정의 중심에 검은 직육면체인 '시간의 방'이 놓여있다.

'시간의 방' 안쪽 벽에는 작은 아크릴 기둥들이 박혀있으며, 날씨의 변화를 감지할 수 있다.

전체가 지하에 묻힌 선농단역사문화관은 지하 1층으로 들어가야 한다. 지하 1층 로비에는 안내 데스크와 전통 카페가 있다. 전시실에서는 지하 3층 체험 공간으로 바로 내려갈 수 있다. 지하 2층은 주차장이다. 전시관은 중정을 중심으로 경사로를 따라 관람할 수 있다. 동선을 따라 움직이다 보면 창을 통해 검은 직육면체가 보인다. '시간의 방'이라 불리는 공간이다. 선농단역사문화관 내부에 외부의 자연을 관입시키는 장치이면서 전시관의 중심 역할을 한다. 지하 3층에서만 '시간의 방'으로 들어갈 수 있다. 지하 3층은 주민들을 대상으로 한 세미나와 체험학습 등이 열리는 체험형 전시 시설이다. '시간의 방'은 본래의 위치를 유지한 향나무를 중심으로 남측에 존재했던 원형의 선농단을 북측에 투영하여 만들었다. 하늘과 연결된 유일한 공간이다. 콘크리트 벽에 햇빛이 반사되어 들어와 내부까지 밝힌다. 안쪽의 벽에는 작은 아크릴 기둥들이 박혀 있다. 해가 강하게 비치는 날에는 투명한 아크릴에 그림자가 만들어져서 환상적인 이미지를 자아낸다. 해가 뜨는지, 비가 오는지, 눈이 내리는지 등 날씨의 변화를 감지할 수 있도록 비워진 이 공간 하나만을 보기 위해서라도 선농단역사문화관을 방문하기에 충분히 매력적이다.

과거가 현재로 복원되면서 어우러지는 시간과 공간의 모습은 백성에서 시민으로 변화된 지금의 현실을 반영하는 듯 보인다. 선농단역사문화관은 지하에 숨어있지만, 그 의미만은 사람들의 마음속에 아로새겨지기를 바란다. 설농탕의 의미를 되새기며, 설렁탕 한 그릇 먹어도 좋겠다.

살짝 들어 올려진 듯한 입구 지붕의 모습은 한옥의 처마를 보는 듯하다.

공중으로 떠 있는 지붕 슬래브가 오픈 스페이스를 제공하며 입구를 만들고 있다.

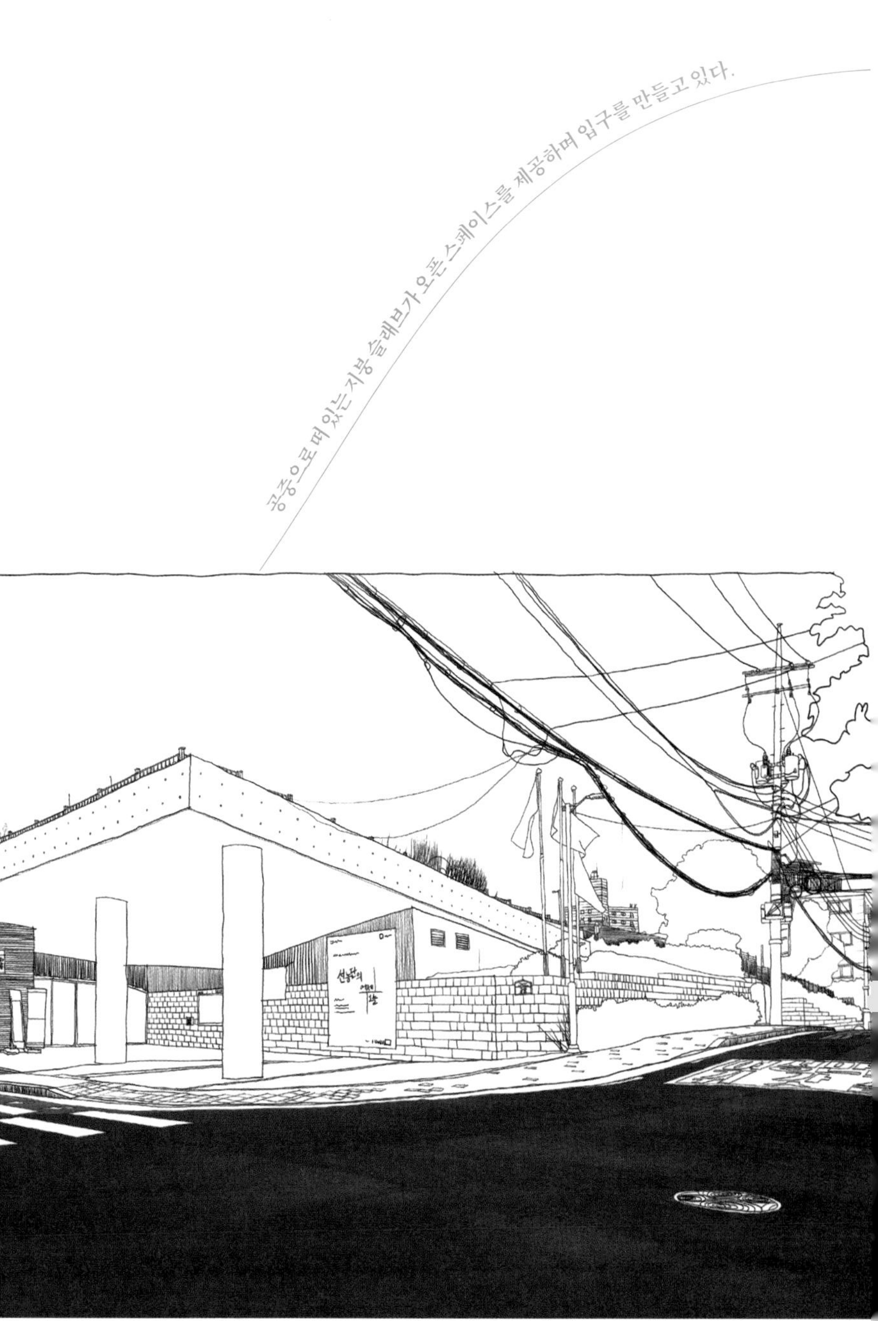

너와 나 사이,

세종문화회관

●

계단에 여유롭게 앉아 이따금 바쁘게 지나가는 사람들의 모습을
보기도 하고 이벤트를 구경할 수 있는 장소가 있다.
세종문화회관의 널찍한 계단은 올라가거나 내려가기보다
걸터앉기에 더없이 좋은 공간이다.
한쪽에는 육중한 대극장(현 세종대극장)이 있고,
다른 한쪽에는 소극장(현 세종M씨어터)이 있다.
서로 다른 두 개의 매스는 계단을 사이에 두고
서로 손을 맞잡은 형국으로 사람들을 맞이한다.

두 개의 매스

세종문화회관 계단을 걸어 올라가면 아늑한 마당이 나타난다. 대로의 소음과 자동차 등으로부터 보호하기 위해 지상보다 높이 마당을 올려놓았다. 계단과 달리 마당에 앉아 있으면 두 팔로 감싸 안고 있는 듯하다. 마당 양옆에는 오랜 세월 서로를 지켜주며 함께 해온 친구처럼 대극장과 소극장이 있다.

세종문화회관은 1978년 4월 서울시에서 건립한 종합 문화 공간이다. 1955년 당시 이승만 대통령의 아호를 딴 우남회관건립위원회를 조직했다. 1961년 10월 지하 2층, 지상 4층의 건물을 완공했으나, 시민 회관으로 이름을 바꿔 개관했다. 1972년 12월 화재로 시민 회관이 소실된 후, 다목적홀 건립이라는 명목 아래 국무총리 주재로 1974년 착공해 1978년 4월 세종문화회관이 되었다. '세종문화회관'이라는 명칭은 세종로에 위치한 지역성과 제3공화국의 '세종대왕업적 추앙 의지'를 반영하기 위해 당시 예술원 회장이었던 박종화가 건의해 채택되었다. 2003년부터는 노후화된 대극장의 보수가 이루어졌다. 2006년에 세종체임버홀이 개관했고, 소극장 보수 이후 2007년 세종

세종문화회관은 손을 맞잡은 듯이 서로 연결되어 있다.

대극장과 소극장 사이의 계단을 걸어 올라가면 아늑한 마당이 놓여있다.

M씨어터로 재개관했다. 세종문화회관 별관은 1935년에 부민관으로 건립해 국립 극장, 국회의사당 등으로 쓰였던 건물이다. 1978년 4월 세종문화회관 별관으로 개칭하게 되었다.

처음 개관 당시 세종문화회관은 남북 통일시 회의장 사용을 고려했다. 3,800석 이상의 대극장과 530여 석의 소극장을 계획하여 최대 규모의 시설을 갖추었다. 그러나 예술의전당 등 1980년대 다른 종합 공연장들이 들어서면서 입지가 약화되기 시작했다.

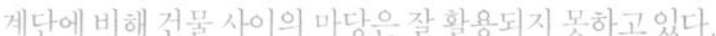

계단에 비해 건물 사이의 마당은 잘 활용되지 못하고 있다.

세종문화회관의 설계는 현상 공모를 통해 엄덕문건축연구소(현 엄이종합건축사사무소)가 맡았다. 한국의 전통 양식 구현이라는 취지 아래 진행되었다. 외부 벽면은 화강석으로 마감했다. 우아하면서도 장엄하고, 자유와 평화를 상징하는 부조 및 조각과 회화 작품 등 수준 높은 예술 조형물을 곳곳에 배치했다. 사실 건축가는 건물의 환경을 위해서 앞 광장에 느티나무와 연못을 조성해 관객이 연못을 넘어 극장 안으로 들어가게끔 하려 했다. 자동차는 지하도로로 가도록 하고 그 위에 잔디를 덮은 넓은 광장을 펼치려 했지만 실현되지 못했다.

세종문화회관은 우리 정서가 배어있는 한옥의 안채와 별채의 느낌을 준다. 안마당과 뒤뜰의 연결을 현대적으로 풀어내 양쪽의 극장과 앞뒤 거리로 통하는 계단의 광장으로 조성했다. 지붕은 한옥의 지붕을 덩어리로 형상화하고 단순화했다. 대로변에 면한 거대한 기둥 열이 지붕을 떠받드는 듯이 디자인했다. 기둥은 배흘림을 사용하여 위압적인 느낌을 감소시켜준다.

배흘림 기둥을 사용하여 친숙한 분위기를 내고 있다.

북쪽과 서쪽에는 나무로 우거진 작은 공원이 여유와 운치를 더해준다. 극장은 30여 년 동안 공연을 지속하면서 사람들의 자취와 흔적을 남겨왔다. 서울시는 세종대로 중앙에 있는 광화문 광장을 서측으로 이동시켜 세종문화회관 앞 보도와 연결한다고 발표했다. 시민들에게 계단 위의 마당이 지금보다 더 유용하게 사용되었으면 한다.

대극장과 소극장은 대지보다 높은 마당으로 인하여 멀리서 보면 서로 떨어져 보인다. 하지만, 가까이 다가가면 마당으로 연결되어 있다. 도시 속 여유와 여백이 두 건물 사이에 자연스럽게 생기면서 친밀감을 더해준다. 세종문화회관처럼 시민들 마음속에 여유와 여백의 마당이 하나씩 생기면 좋겠다.

세종문화회관 뒤의 기둥 열과 공원의 모습은 앞의 풍경보다 차분하다.

건물 사이의 마당에서 건물을 통과하여 뒤의 공원과 연결되는 통로의 모습이다.

세종문화회관 계단에 앉아 있으면 사람 구경하기에 좋다.

4.19(화
내일 버

예술이라는 이름의 전당, 예술의전당

●

서울을 상징하는 랜드마크와 함께 공연, 전시를 이야기할 때
항상 화자되는 건축물이 바로 예술의전당이다.
'전당'은 높고 크게 지은 화려한 집이며,
학문, 예술, 과학, 기술 그리고 교육 등의 분야에서
가장 권위 있는 연구기관을 비유적으로 이르는 말이다.
그러므로 '예술의전당'은 예술 분야에서
가장 권위 있고 화려한 집이다.
하지만, 쉽게 가까이 다가가지 못하는 곳이기도 하다.

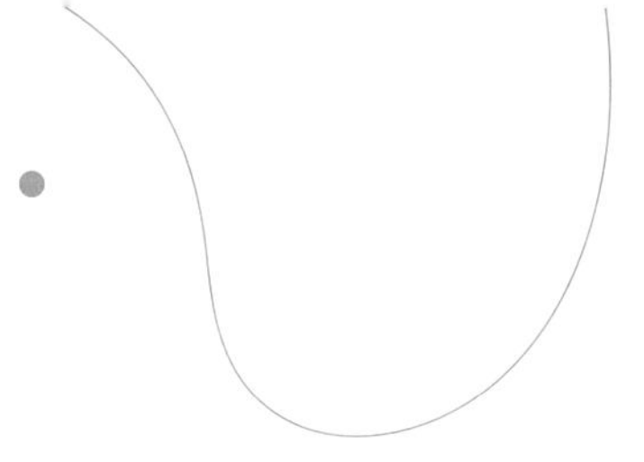

과거. 예술의전당

많은 건축가가 건축물을 통해 자신을 대중의 기억 속에 남기고 싶어 한다. 그래서 탄생한 거대한 건축물이 바로 '잠실종합운동장', 올림픽공원에 세워진 '평화의 문', '예술의전당' 그리고 '국립현대미술관'이다. 예술의전당과 같은 대규모 복합시설을 만들기 위해서는 최소 5만 평 이상의 부지가 필요했다. 하지만 서울에서 적합한 장소를 모색하기란 쉽지 않은 일이었다. 처음 대상지는 서울고등학교가 이전하고 비어 있는 경희궁 터였다. 두 번째 대상지는 서초동의 정보사령부 터였다. 다음 대상지는 압구정동에서 성수대교를 건너면 보이는 삼표레미콘 자리였다. 그 밖에도 여의도와 장충단공원, 코엑스, 난지도 등 여러 대상지가 거론되었지만 다양한 이유로 모두 탈락했다. 마지막으로 선택된 장소가 바로 지금 자리인 서초동 우면산 자락이다. 부지가 7만 평이 넘어 예술의전당을 건축하기에 충분했다.

건물이 성벽처럼 남부순환도로 쪽으로 높고 거대하게 배치되어 있다.

인간적인 스케일을 넘어선 규모를 가지고 있다.

한국을 대표하는 복합 문화 공간인 만큼 설계는 국제 지명 설계로 진행했다. 처음의 명칭은 '예술의전당 및 강남문화예술공원'이었다. 지명으로 선택된 건축가들은 국내에서 김수근, 김중업, 김석철 3인과 국외에서 T.A.C.(미국), C.P.B.(영국) 2인으로 모두 5인이 출품했다. 당선자는 뜻밖에도 39세의 젊은 건축가 김석철이었다. 당시에 당선된 설계안은 광장이 부지 가운데 들어서고 주변으로는 음악과 미술 장르를 중심으로 이루어진 건물군이 광장 주변을 둘러싼 형태였다. 예술의전당만으로 '작은 문화 도시'를 형성하려는 의도였다. 하지만 실제 건축에서는 그 개념만 남고 형태와 배치 모두 변경되었다. 예술의전당은 전두환 대통령 임기 내에 완공하는 것이 목표였다. 그러나 예상하지 못한 사유로 음악당과 서예박물관은 1988년 준공되고, 한가람미술관과 한가람디자인미술관은 1990년, 오페라하우스는 1993년에 준공되면서 지금의 모습을 갖추게 되었다.

지금. 예술의전당

예술의전당은 시민을 위한 문화 시설이지만 접근하기가 쉽지 않다. 우면산을 등지고 있어서 대중교통 접근이 어렵고, 남부순환도로 때문에 도시와 연결이 단절되어 보행 접근이 불편하다. 건물이 성벽처럼 높고 거대하게 배치되어 있어 가까이 다가가는 사람들에게 시각적으로 부담감을 안겨 준다. 사실 건물이 도로 쪽으로 우뚝 솟은 모양의 상태가 된 이유는 암반이 많아 계획

에스컬레이터를 타고 올라오면 넓은 마당과 야외무대가 있다.

과 달리 전진 배치했기 때문이다. 예술의전당을 대표하는 두 건물인 오페라하우스와 음악당은 '한국성' 문제에서 자유로울 수 없다. 두 건물의 지붕이 각각 갓과 부채 모양을 하고 있어 형태의 직설적 표현이 항상 이야기된다. 규모가 크기 때문에 가까이에서는 이런 형태를 볼 수 없고 멀리 떨어져서 보거나 높은 장소에 올라가서 봐야 확인할 수 있다. 지붕 처마는 전통 목구조의 서까래를 형상화하여 콘크리트로 만들었다. 이와는 반대로 한가람미술관과 한가람디자인미술관은 건축적으로 특별한 개성이 없고 단조롭다.

건물 사이의 외부 공간에 휴식 공간이 없어 불편하다.

과거에는 성벽처럼 높이 솟은 담을 따라 걷다 보면 하나의 통로를 만날 수 있었다. 이 통로를 통해 넓은 계단을 올라가면 오페라하우스와 한가람미술관으로 이루어진 앞마당이 펼쳐졌다. 바닥과 계단, 건물이 모두 같은 석재로 이루어져 통일감을 유지하고 있었다. 김석철 건축가는 이 계단을 구상할 때 불국사 공간의 연결 동선을 참고했다고 한다. 보는 위치에 따라 다양한 장면들이 빚어졌지만, 현재는 이 넓은 계단을 볼 수 없다. 1층에서 2층의 앞마당으로 연결되는 공간에 계단과 엘리베이터, 에스컬레이터를 설치했고, 1층에는 카페, 식당 등의 편의 시설이 들어섰기 때문이다. 넓은 마당에는 야외무대까지 설치되었다. 과거의 공간감이 사라졌다. 건물과 건물 사이의 외부 공간도 특별한 장치들이 없고 비, 바람, 눈 등의 자연환경에 그대로 노출되어 있어 이용하는 사람들에게는 불편하다. 넓은 마당에 비해 앉아서 편히 쉴 수 있는 휴

예술의전당은 지붕의 형상이 원형의 갓 모형을 하고 있다.

식 공간마저도 부족하다.

예술의전당을 찾는 사람들의 반응은 크게 두 가지다. 찾아가기 불편하고 거대한 규모 때문에 정이 가지 않는다는 것과 건물과 건물 사이에 넓은 공간들이 배치되어 있고 우면산과 조화로움을 느낄 수 있어서 매력적이라는 것이다. 대중의 반응은 각기 다를지라도 예술의전당이 우리에게 꼭 필요한 시기에 탄생한 복합 문화 공간이라는 점과 그 효시가 되었다는 점에서는 큰 의미를 부여할 수 있다. 좋은 점과 나쁜 점은 공존한다. 나쁜 점을 계속 나쁘게만 받아들이면 해결책이 보이지 않는다. 나쁜 점을 빨리 인정하고 변화하려고 노력해야만 해결의 실마리가 보인다. 건축도 모두가 좋을 수는 없다. 나쁜 점을 정확히 파악하고 인정한 후에 더 좋은 해결책을 모색해야 우리 곁에 있는 수많은 문화 공간과 더욱 가깝게 공존할 수 있다.

지붕 처마는 전통 목구조의 서까래를 형상화하였다.

활용

우연히 만난 골목길, 언더스탠드에비뉴

파란 하늘과바다를 닮은, 커먼그라운드

컨테이너의 다양한 가능성, π-ville99

우연히 만난 골목길, 언더스탠드에비뉴

●

지하철 신분당선 서울숲역 3번 출구에서 밖으로 나와
살짝 고개를 돌리면 주변과는 다른 풍경을 마주한다.
바로 언더스탠드에비뉴(Under Stand Avenue)다.
이곳이 서울인지 의심할 정도로 넓은 대지 위에 펼쳐진
다양한 색상의 컨테이너들이 거리를 이루고 있다.
마치 외국의 어느 도시에 온 듯 조금은 낯설지만,
컨테이너 상자들이 형성한 골목길이 사람들의 발걸음을 불러 모은다.

신개념의 공익 문화 공간

언더스탠드에비뉴는 알록달록한 컨테이너 상자들을 블록처럼 겹겹이 또는 나란히 쌓아 빈 대지 위에 폭 30m의 골목길처럼 완성한 공간이다. '언더스탠드에비뉴'는 '아래에'를 의미하는 '언더(Under)'와 '서다'를 뜻하는 '스탠드(Stand)'를 합친 말로 2016년 4월 19일에 문을 열었다. ㈜건축사사무소 메타의 우의정 건축가가 설계했다. 컨테이너 116개가 3층 높이로 이루어져 있으며, 컨테이너 겉면에 새긴 각각의 스탠드(Stand) 타이틀은 공간의 특징을 나타낸다.

유스스탠드(Youth Stand), 하트스탠드(Heart Stand), 맘스탠드(Mom Stand), 아트스탠드(Art Stand), 파워스탠드(Power Stand), 소셜스탠드(Social Stand), 오픈스탠드(Open Stand)이다. 총 일곱 개의 테마로 나누어 운영하는 스탠드들은 낮은 자세로 이해(UnderStand)를 통해 취약 계층이 자립하는 데 든든한

새로운 컨테이너 박스들이 골목길을 형성하고 있다.

버팀목이 되겠다는 의지를 담고 있다. 언더스탠드에비뉴는 공공과 기업 그리고 비영리 기관의 새로운 상생 모델을 제시한다. 롯데면세점이 마케팅, 홍보, 유통 등 핵심 역량을 공유하고, 성동구는 지역사회 협력과 정책을 지원한다. 비영리 기관인 문화예술사회공헌네트워크(ARCON)는 지속 가능한 창조적 공유가치 창출 플랫폼으로서 총괄 기획을 한다.

언더스탠드에비뉴는 단순히 먹고 즐기는 소비 공간이 아니다. 청소년이 일하며 배울 수 있는 일터이자 학교이다. 누구나 예술을 손쉽게 즐길 수 있는 문턱 낮은 문화 공간이다. 친환경 공정 무역 제품 및 사회적 기업이 만든 상품을 소개하고 판매하기도 한다. 일곱 개 공간은 청소년, 경력 단절 여성, 다문화 가정, 청년 벤처, 예술가, 지역 소상공인 등 취약 계층의 자립과 꿈을 위해 적극적으로 활용되고 있다. 특히, 사회적 기업과 청년 벤처가 모인 '소셜스탠드'는 가치와 의미 있는 소비에 대해 다시 한번 생각하게 만든다.

언더스탠드에비뉴 끝에는 서울숲공원이 놓여있어 자연스럽게 연계된다.

시야가 오픈된 공간 사이를 오가는 여유로움을 주는 거리이다.

모두가 행복한 동네의 거리로

언더스탠드에비뉴는 오밀조밀한 가게가 밀집한 도심 속 거리 대신 시야가 트인 공간 사이를 오가며 여유로움을 느끼게 하는 거리다. 위치상 서울숲역에서 내려 언더스탠드에비뉴에 접근하면 그 끝에 넓은 서울숲공원이 놓여있어 시각적으로 독특한 경험을 하게 된다. 거리와 길은 다르다. 길은 연결하는 통로를 의미하는 반면, 거리는 연결보다 행위가 일어나는 과정에서 다양한 경험을 제공하는 공간이다. 거리로서 언더스탠드에비뉴는 가치 있는 라이프 스타일을 함께 나누며 경험하는 동네 마당으로서 골목길과 같다. 언제든 편하게 쉴 수 있고 따뜻한 에너지를 얻어갈 수 있는 휴식처이기를 희망한다. 다만, 왕십리로가 건너편 동네와 밀접한 접근을 막고 있어 늘 아쉽다. 그럼에도 불구하고 도시와 공원을 연결하는 매우 중요한 보행 통로이다.

다양한 문화 공간의 역할을 한다.

언더스탠드에비뉴 뒤로 한화갤러리아포레가 보인다.

언더스탠드에비뉴는 하트스탠드처럼 다양한 사람들의 마음을 치유할 수 있는 프로그램을 운영하며, 모두에게 익숙한 방식의 문화에 사회적 가치를 담아 소비 가치를 콘텐츠로 풀어내려고 노력한다. 가치 소비에 익숙하지 않은 사람에게도 쇼핑을 통한 즐거움과 함께 나눔의 삶을 실천하도록 하는 공감을 준다. 언더스탠드에비뉴는 소비를 통해 이익을 추구하는 상업 시설과는 달리 문화에 소외된 사람들도 자연스럽게 참여할 수 있는 야외 행사 프로그램을 기획하고, 전시도 한다. 다양한 컨텐츠를 담기 위해 컨테이너를 층층이 쌓아 필요한 실내 공간을 조성했다. 동시에 외부 공간과 연계하여 문화, 일, 생활을 함께하는 공간을 만들었다. 거리를 향해 일상의 모습들이 보이도록 내부를 개방하여 외부와 이어지도록 했다. 이곳에서는 어른과 아이 할 것 없이 모든 사람이 행복하게 웃을 수 있다. 밥 먹을 때가 되면 음식 냄새가 거리를 가득 채운다. 날씨가 화창한 날에는 가던 길을 멈추고 벤치에 앉아서 해를 맞이한다. 가끔은 친구들과 함께 맥주 한 잔을 마시며 수다를 떨고, 엄마 아빠와 함께 온 아이들이 이리저리 뛰어논다. 일상이 일상인 곳이다. 더욱이 서울숲공원까지 편안히 산책하며 거닐 수 있다는 점이 좋다. 최근 유행처럼 많은 공간이 컨테이너 박스로 채워지고 있다. 이미 지어진 그리고 지어지고 있는 컨테이너 속에서 언더스탠드에비뉴는 특별함보다는 익숙함으로, 평범함보다는 공동성으로 우리 주변에 자리해 웃음 가득한 소통의 거리가 되길 소원한다.

저녁이 되면 아이들이 부모의 손을 잡고 자동차가 다니지 않는 이 장소에 와서 즐겁게 뛰어논다.

파란 하늘과 바다를 닮은, 커먼그라운드

●

살짝 졸음이 밀려오는 봄날 오후는 왠지 모를 두근거림이 가득하다.
보이는 것들은 기분에 따라 느낌이 각각 다르다.
비 오는 아침의 거리를 좋아하는 사람은 비가 내리는 날마다
그 느낌이 모두 다르게 다가올 것이다.
사람과 건축물 또한 그날의 기분에 따라 다르게 느껴진다.
좋은 것이 더 좋아 보일 때도, 싫어 보일 때도 있다.
파란 하늘과 바다를 보고 싶었던 날,
우연히 커먼그라운드(CommonGround)를 갔다.

회색빛 도시 속 파란 섬

커먼그라운드는 "함께 즐기고, 소통하는 장소"라는 의미와 '여기 와서 함께 하자'라는 의미를 지닌다. 삶의 즐거움을 나눌 수 있는 아지트 같은 장소가 되길 바라는 지역 주민들의 마음이 담겨 있는지도 모른다. 그래서인지 개방감이 넓은 공간이다. 커먼그라운드 건대점 부지는 로데오 상권 바로 옆에 있다. 30년간 택시 차고지로 사용했던 곳이다. 마침 택시 차고지가 다른 곳으로 이전하면서 빈 땅이 되었고, 당장 대규모 개발을 하기엔 어려움이 있는 부지에 아지트를 만들기로 한 것이다. 모듈화되어 있는 컨테이너로 도심 내 유휴 부지를 활용해 다소 침체한 지역 상권을 되살리고자 한 결과, 놀이터 같은 파란 섬이 만들어졌다. 항상 발 디딜 틈 없이 붐비던 2번 출구와 달리 6번 출구는 로데오 거리 끝에 위치해 그동안 '죽은 상권'으로 여겨졌었다. 그러나 커먼그라운드를 통해 상권이 활기를 되찾게 되면서 사람들의 발길이 끊이지 않고 있다.

커먼그라운드는 회색빛 도시 속 파란 섬과 같은 존재이다.

각 동 상층부에는 테라스 마켓이 있다.

컨테이너 건축은 지속 가능한 건축(Sustainable Architecture)으로서 의미와 가치가 크다. 환경을 위한 사회적 요구에 부합하는 지속 가능성을 갖추고 있으며, 재사용이 용이하고 건설 폐기물을 최소화하는 친환경 건축이기 때문이다. 컨테이너 건축물을 해체 후 재조립해 사용할 확률은 60%이며, 컨테이너의 스틸을 재활용할 확률은 90%에 달한다. 전체 공정의 약 80% 이상을 공장에서 제작해 건설 현장의 폐기물이 상대적으로 적고, 현장 소음과 분진도 최소화할 수 있다. 컨테이너 건축은 비용적, 환경적 측면의 장점 이외에 비즈니스에 최적화된 상업 공간이라는 측면에서도 높은 평가를 받는다. 컨테이너 건축의 특징 중 하나인 경량성은 건축물의 이동을 쉽게 해주며, 모듈러 건축 공법은 짧은 시간 안에 조립과 해체를 할 수 있다. 이를 극대화한 건축이 커먼그라운드이며, 다양한 형태로 활용할 수 있다.

두 건물 사이에는 넓은 마당이 있다.

내부는 아기자기한 골목길을 걷는 듯하다.

1층 마켓홀은 2개 층이 오픈되어 있어 내부 마당이라고 할 수 있다.

더위에 지칠 때쯤

건대 로데오 거리 끝자락에 200개의 컨테이너 상자를 쌓아 만든 커먼그라운드가 있다. 쇼핑은 물론 공연과 전시도 가능한 문화 공간이다. 커먼그라운드는 국내 최초이자 세계 최대의 컨테이너 몰이다. 이곳은 8년 동안만 팝업 형태로 운영할 예정이다. 커먼그라운드는 '메인홀'과 '스트리트홀' 두 개 동으로 이뤄져 있고, 각종 음식점이 입점한 3층에서 '커먼브릿지'를 통해 연결되어 있다. 옥상 테라스를 골목처럼 걸어 다니며 맛집을 찾아다니는 재미가 있다. 컨테이너의 파란색 때문에 바다 위에서 움직이는 듯하다.

두 건물 사이의 넓은 공간은 마당처럼 비어 있다. 마켓 그라운드(Market Ground)라고 부르고, 커먼그라운드를 상징적으로 보여주는 푸드 트럭을 운영한다. 빈 공간에서는 다양한 이벤트들이 펼쳐진다. 지나가는 고등학생들이 책가방을 내려 놓고 파란 커먼그라운드의 벽을 배경으로 노래를 틀고 춤을 춘다. 대학생들이 둘러앉아 동아리 모임을 하기도 한다. 매장이 있는 내부로 들어서니 외국인 관광객들이 눈에 띄었다.

1층 마켓홀 빨간 부스에서는 DJ가 디제잉을 하면서 흥겨운 분위기를 연출했다. 양옆으로는 화장품, 스카프, 에코백, 시계, 액세서리, 문구 등 패션잡화들이 2층까지 늘어서 있다. 3층 오픈 레스토랑의 테라스 마켓(Terrace Market)에는 봄 햇살을 받으며 테라스에 앉아 담소를 나누는 사람들이 즐비하다. 전망이 탁 트여 있어서 불어오는 바람을 만끽하기에 더할 나위 없이 좋다. 딱딱하고 차갑게만 보일 수 있는 컨테이너 상자들이 오히려 여유롭게 휴식을 취할 수 있는 분위기를 만들어 주고 있다. 여름, 더위에 지칠 때쯤 컨테이너에 부딪히는 빗소리가 듣고 싶어진다.

1층에 회랑공간을 조성하여 보행의 편의를 제공한다.

JAPUBS
COMMON GROUND
CREATIVE OPEN
CG-S 2F 160
CG-S 1F 140

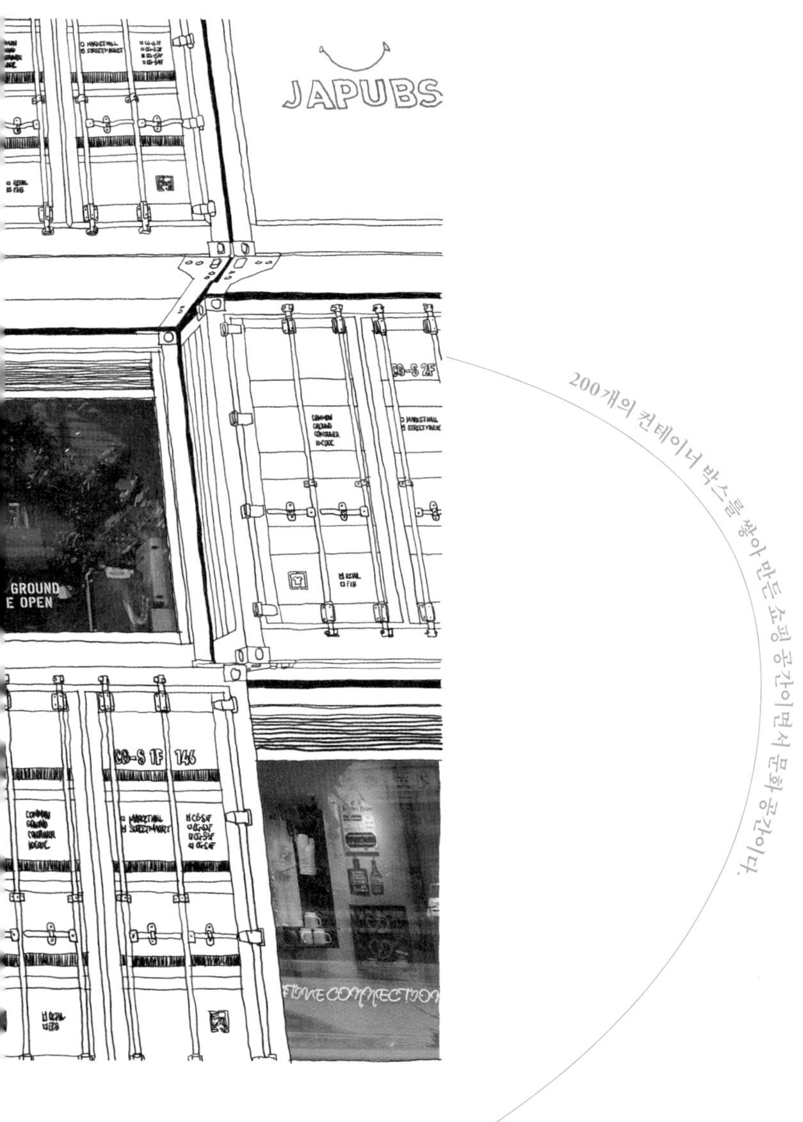

200개의 컨테이너 박스를 쌓아 만든 쇼핑 공간이면서 문화 공간이다.

컨테이너의 다양한 가능성, π-ville99

고려대학교 주변 한적해 보이는 동네에 들어선
π-ville99(이하 파이빌99)는 처음에는 주민들에게 낯설었다.
사람들이 모이고 자주 들여다보면서 점점 익숙해진 지금,
파이빌99는 학생과 주민들 그리고 아이들에게 친근하게 다가가고 있다.
표준화된 컨테이너 속에 다양한 인간의 삶을 담아내는 공간으로 작용하는
파이빌99가 궁금해지는 이유이다.

컨테이너의 가능성

컨테이너는 18세기 후반 영국에서 석탄을 나르기 위해 마차 뒤에 연결하던 큰 나무 상자에서 유래했다. 스탠다드형 컨테이너를 최초로 사용하기 시작한 것은 1956년 4월 26일 말콤 맥린이라는 사람이 2차 세계대전에서 사용된 유조선을 개조해서 Ideal X호라는 컨테이너 선박을 만든 후부터이다. 20세기 해상 운송의 혁신으로 화물을 생산자에서 수요자에게 통째로 전달해주는 컨테이너의 시대가 열렸다. 표준화와 대량 생산을 통하여 화물을 실어 나르기 위해 만든 컨테이너를 이제는 인간의 삶과 행위를 담아내는 목적으로 재활용하기 시작했다.

다양한 색을 가진 컨테이너들이 캔틸레버의 형식으로 바깥 외벽의 철골 트러스 구조미를 강조하고 있다.

표준화된 컨테이너들이 불규칙하면서도 규칙적으로 적층되어 있다.

스튜디오동과 다목적동을 연결하는 브릿지와 오픈된 테라스가 중첩되어 보인다.

컨테이너는 이미 오래전부터 공사 현장이나 농촌 등에서 임시 건물로 사용하고 있다. 최근에 유형처럼 번지는 컨테이너 건축은 좁은 공간과 낮은 천장 등의 단점보다는 운반이 쉽고 튼튼한 구조와 더불어 레고와 같은 모듈의 장점을 활용하여 독특한 장소성을 만들어 내고 있다.

익숙함의 시작은 늘 낯설다. 낯선 감정 자체는 나쁜 게 아니다. 그러나 우리는 종종 이것을 진짜 나쁜 것들로 착각하기도 한다. 낯섦이 곧 익숙해지고 시간이 좀 더 흐르면 포근해진다. 에펠탑이 처음 등장했을 때와 같이 컨테이너도 처음 세상에 발표되었을 때는 낯설어 사람들이 쉽게 접근하지 못했을 것이다. 시간이 지난 지금 컨테이너는 익숙해졌고 다양한 가능성을 보여 주고 있다.

엇갈려 쌓은 스튜디오동은 다양한 공간을 만들어 소통이 가능한 동선을 형성했다.

새로운 재활용

파이빌99의 '파이빌'은 창의적이고 개척적인 학생들의 정신이 세계로 뻗어 나가길 바라는 마음을 담은 개척자를 의미한다. 숫자 '99'는 파이빌이 위치한 도로의 주소이다. 파이빌99는 20피트 19개, 40피트 19개 총 38개의 중고 컨테이너로 만들어졌다. 의도적으로 재활용 컨테이너를 사용하였다. 그 이유는 친환경과 경제성뿐 아니라 학생들의 새로운 콘텐츠를 공유하는 혁신적인 공간을 디자인하기 위해 전 세계를 누볐던 컨테이너를 사용하는 것이 의미에 부합한다고 생각한 것이다. 내부의 책상과 의자들도 고려대의 역사가 담겨 있는 50~60년대에 사용했던 물품들을 그대로 사용하였다.

파이빌99는 스튜디오동과 다목적동의 2개의 매스로 이루어져 있다. 2개의 동은 브릿지를 통하여 연결된다. 스튜디오동은 학생들이 창의적 작업을 할 수 있는 공간이다. 17개의 스튜디오 공간과 벤처 기업, 학생들의 창업 동아리 등으로 사용된다. 벽돌을 엇갈려 쌓듯이 컨테이너를 쌓아 사이에 공간을 만들어 충분한 공용 면적을 확보했다. 빈 공간들은 복도와 계단, 휴게 시설 등으로 조성하여 접근하는 사람들이 다양한 소통을 하도록 동선을 구성했다.

브릿지 난간과 테라스 난간, 발코니의 난간 등이 모두 동일한 철재 형상과 비례로 구성되어 다채로운 공간에 일관성을 부여한다.

좁은 골목길이 연상되듯이 브릿지와 복도, 계단 등이 얽혀 있어서 탐험하듯 돌아다니면 지루할 틈이 없다. 또 모든 스튜디오 공간은 폴딩 도어를 설치하여 내부 공간이 외부로 확장하는 가변성까지 높였다.

다목적동은 2층의 대형 강의실과 1층의 카페, 4층의 오픈 스튜디오를 배치했고6미터의 캔틸레버로 매달았다. 캔틸레버의 구조 문제는바깥 외벽에 철골 트러스로 보강하여 해결했다. 1층 카페는 켄틸레버 때문에 자연스럽게 생긴 하부의 열린 공간과 함께 주변 지형을 활용했다. 계단형 객석을 통하여 조그마한 무대 공간을 만들어 적극적으로 사용하고 있다. 대형 강의실은4개의 컨테이너를2열로 적층하여 쌓아 복층 높이의 개방감을 확보했다. 외부 공연이 있을 때면 컨테이너 간 연결된 사이 공간이나 브릿지에 서서 자유롭게 관람할 수 있다. 파이빌99는 지형의 단차를 적절히 활용하여 주변과 경계를 허물어 부담 없이 접근할 수 있도록 노력했다.

파이빌99는 표준화된 컨테이너들을 불규칙하면서도 규칙적으로 적층하여 새롭고 매력적인 공간을 만들었다. 파이빌99는 이제부터 시작이다. 고려대는 파이빌99뿐 아니라 2차, 3차의 파이빌을 계획 중에 있다. 무한한 가능성의 공간과 함께 동네 안에서 적극적인 공공 공간의 역할을 기대한다.

파이빌99는 주변 건물들과 자연스럽게 동화된 모습을 보여 준다.

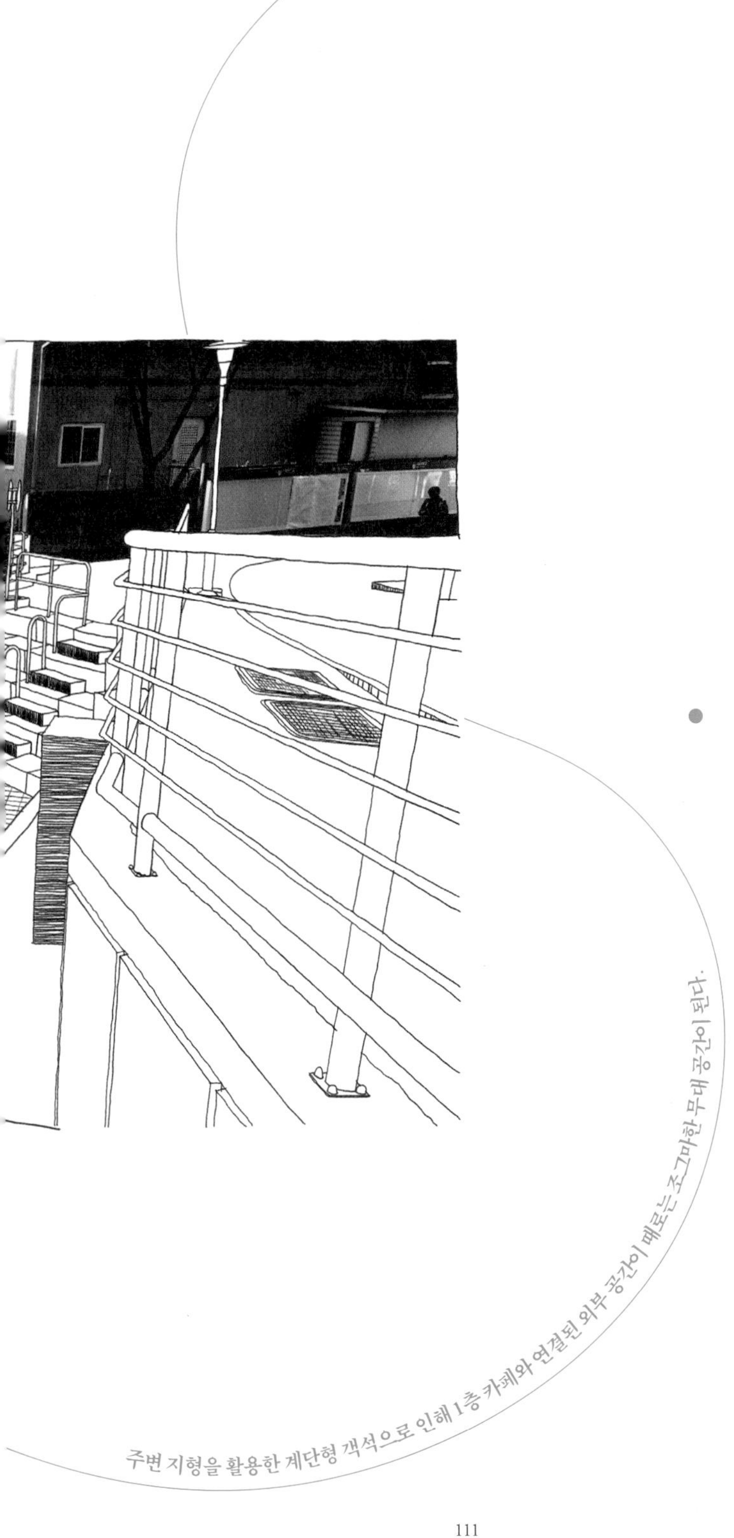

주변 지형을 활용한 계단형 객석으로 인해 1층 카페와 연결된 외부 공간이 때로는 조그마한 무대 공간이 된다.

상징

기억과 상징 속, 종로타워

벽돌 건물의 존재감, 은행나무출판사 사옥

정제된 담백함이 느껴지는, SK서린빌딩

기억과 상징 속,

종로타워

●

강남은 차갑고 딱딱한 이미지이지만,
종로는 사람 냄새나는 따듯한 이미지로 남아 있다.
저녁 약속을 잡으려고 해도 강남보다는 종로를 선호하는 이유이기도 하다.
종로를 걷다 보면 멀리서도 건물 가운데가 비어 있는 형상의
종로타워를 볼 수 있다. 종로타워는 특이하게도 지상 24층과
최상층(33층)의 탑클라우드 사이의 8개 층(약 30m)이
빈 공간으로 이뤄져 있다. 여전히 많은 사람이 호기심 어린 눈으로 바라보는
종로타워는 어떻게 종로의 랜드마크가 되었을까?

과거와 현재를 오가는 상징성

종로타워는 주변의 딱딱한 박스 형태의 건물과 다르게 철골과 유리를 사용했다. 당시로서는 최고의 하이테크 건축을 보여주었다. 높이는 133.5m로 종로구에서는 SK서린빌딩에 이어 두 번째로 높다. 현재 종로타워의 주된 용도는 업무 및 판매 시설이지만, 건축을 계획할 당시에는 판매 시설이 주목적이었다. 처음부터 판매 시설을 고려한 이유는 종로타워를 세운 자리에 우리나라 최초의 백화점인 화신백화점이 있었기 때문이다. 화신백화점은 종로의 도로 확장과 맞물려 흔적도 없이 사라진 상태였다. 이후 종로타워를 짓기로 했고 골조 공사가 끝난 상태에서 IMF 외환 위기를 맞았다. 그리고 백화점의 시장성이 떨어진다는 이유로 업무 시설로 용도를 변경했다.

화신백화점은 박길룡 건축가가 설계했다. 지하 1층, 지상 6층의 화신백화점은 1937년 화재로 소실되어 신축한 전관을 재준공한 것이다. 철근콘크리트

보신각과 맞은편 종로타워가 미묘하게 서로 대치하고 있다.

피맛골에서 저 멀리 종로타워가 보인다.

조로 서울에서 가장 높은 건물이었으며, 내부에 엘리베이터와 에스컬레이터까지 설치해 화제가 되었다. 당시 대다수 건축물이 2~3층에 불과해 화신백화점은 종로의 상징적 건물일 수밖에 없었고, 옥상 정원을 설치하는 등 놀라운 건축 공간 활용법을 선보였다. 하지만 안타깝게도 1987년 2월 문을 닫았고, 그해 6월에 철거됐다. 현재의 종로타워는 1999년에 완공됐다. 종로의 상징성과 건축적 의미 때문인지 모르지만, 미국에서 활동하고 있는 우루과이 출신 건축가 라파엘 비놀리(Rafael Vinoly)가 설계한 종로타워의 평면을 보면 화신백화점과 놀랍도록 유사하다. 고층부로 이동하는 계단과 엘리베이터 등의 코어를 중앙 뒤쪽 부분에 배치하고 코너 입면을 강조한 모습이 화신백화점을 연상케 한다. 개항 이후 서구 건축 기술을 재빨리 배우고자 했던 노력의 표현으로 화신백화점을 기억한다면, 종로타워는 지금의 하이테크 건축 기술을 그대로 보여주는 것으로 이해할 수 있다.

교차하는 종로와 우정국로를 향해 대각선으로 놓인 건축물 정면과 저층부의 개방적 처리, 최상층의 상징적 표현(옥상 정원과 탑클라우드)을 통해 종로타워는 도시와 관계를 형성하고 있다. 동시에 주변과 대비되는 건축물의 규모와 층수를 보여줌으로써 여기서부터 종로가 시작됨을 알려 주는 상징적 역할도 한다.

종로타워 전면은 사람들을 위해 마당으로 비어 있다.

종로 그리고 어울림

종로타워는 보신각 맞은편에 위치한다. 건물 전면은 항상 많은 사람으로 북적인다. 다행스럽게도 시민을 위한 휴게 공간이나 이벤트 마당으로 활용할 수 있도록 했지만, 텅 비어 있다. 건물 내외부에서 일어나는 다양한 활동이 지하 광장과 연계되지 못해 아쉬움이 남는다. 단, 상층부의 업무 공간은 최대한 광장을 볼 수 있게 배치해 내부에서 외부로의 조망을 극대화했다는 점이 눈에 띈다.

종로타워는 정면에서 보면 탑클라우드, 고층부 오피스, 저층부 오피스의 세 영역이 각기 다른 형태로 구성된다. 특히 저층부 영역과 중간 영역 사이에 있는 거대한 철골 구조물의 도심 캐노피는 랜드마크로서 종로타워의 입지를 높여 준다. 커다란 원기둥 같은 3개의 코어와 외부로 노출된 구조 프레임, 유리 구조체의 외피, 건축물 뒷면 금속 패널의 독특한 배열 등은 종로타워만의 특색을 느끼기에 충분하다. 탑클라우드는 종로타워의 하이라이트라고 할 수 있다. 마치 빈 공간 위에 떠 있는 것 같은 구조물이 시간과 위치에 따라 다채로운 모습을 보여줘 역사 도시 서울을 한눈에 조망할 수 있는 인상적인 장소이다. 현재는 최상층의 레스토랑이 위워크(WeWork)로 바뀌었다. 사실 레스토랑이 있을 때는 가끔 화장실을 핑계로 올라가 서울의 풍경을 파노라마로 만끽하다 내려오곤 했다. 서울을 높은 곳에서 볼 수 있는 장소가 흔치 않은데 이제는 그마저도 어려워져서 너무나도 아쉽다.

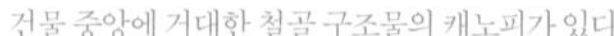
건물 중앙에 거대한 철골 구조물의 캐노피가 있다.

건축물 뒷면은 금속 패널의 배열이 독특하다.

건물 주변을 천천히 둘러보면 골목길의 불규칙한 골격 구조를 기하학적 형태의 입면 및 금속 재료와 잘 어울리도록 노력한 흔적이 보인다. 하지만 들여다보면 종로타워의 하이테크적 성격은 장소와 연관된 역사적인 도시의 관계성보다 완공 당시 삼성의 선두적인 이미지에 맞추어 표현되었다고 볼 수 있다. 유리 커튼월로 된 종로타워는 사람들이 쉽게 접근하여 로비로 들어가기 어려운 느낌을 주지만, 도심의 수직적 랜드마크로서의 역할은 톡톡히 한다. 20세기 한국 근대 건축의 시작점에 화신백화점이 위치한다면, 그 세기 마지막 지점에는 종로타워가 있다고 말할 수 있다.

종로를 걷다 보면 멀리서도 건물 가운데가 비어 있는 형상의 종로타워를 볼 수 있다.

YMCA
신촌로터리 Sinchon Rotary
세종대로사거리
을지로1가

벽돌 건물의 존재감, 은행나무출판사 사옥

●

벽돌은 예전부터 많이 사용된 건축 재료이다.
일상에서 흔히 볼 수 있는 지극히 평범한 재료이다.
주변을 둘러보면 단독 주택, 다가구 주택, 다세대 주택 대부분이
벽돌로 이루어져 있다. 너무나 평범해서 싼 재료로 취급받던 벽돌이
우리 일상으로 돌아오고 있다.
합정역 근처의 은행나무출판사 사옥은 바로 옆에 위치한
메세나폴리스라는 39층의 주상 복합 건물과 대조된다.
존재감을 잃어버린 주변 건물들 사이에서 은은한 향기와 함께
자신의 모습을 당당히 드러낸다.

벽돌이라는 재료

과거의 은행나무출판사 사옥은 주변에서 흔히 볼 수 있는 붉은색 벽돌의 2층 단독 주택이었다. 건축주는 '존재감' 있는 건축물을 요구했다. 건축사사무소 루연의 임도균 건축가는 여러 번의 제안을 통하여 6층의 고벽돌(짧게는 백 년, 길게는 수백 년 전 사용되었던 오래된 벽돌)로 이루어진 사옥을 설계했다.

은행나무출판사 사옥은 벽돌의 친근함이 주변 환경과 편안하게 어울린다.

다양한 쌓기 방식으로 4면 모두 다른 재질감을 표현하고 있다.

벽돌은 요즘에 구조재가 아닌 치장재로 새롭게 주목받고 있다. 다양한 색깔과 독특한 쌓기 방식으로 건물의 외벽에서 개성을 만들어 낸다. 벽돌은 건축기술의 발달과 함께 건물의 힘을 받는 구조체로부터 독립하여 외장재로 자유로워졌다. 다양한 쌓기 방법과 철물의 개발로 높이 쌓는 것이 가능해지면서 고층 건물의 외부를 벽돌로 장식하여 얻는 시각적 흥미로움이 사람들의 눈길을 사로잡는다. 또한, 벽돌은 점토로 만드는 자연 재료로 외단열에 적합하고, 미세먼지 등 환경오염 문제에서도 다른 재료에 비해 자유로워 친환경 재료로 주목받고 있다. 더욱이 여름의 에너지 문제나 냉난방 같은 단열이 문제가 되면서 정부가 외단열에 더 많은 지원을 하기 시작해 커튼월이나 노출 콘크리트 건물 대신 벽돌을 사용한 개성 넘치는 건물들이 늘고 있다.

많은 사람이 메세나폴리스와 같은 유리로 만들어진 커튼월 건물의 투명성에 매혹된다. 가볍고 날렵한 철근 콘크리트 구조물에 환호한다. 이런 분위기 속에서 은행나무출판사 사옥의 청고벽돌은 짙은 회색의 무게감을 통하여 시간의 흔적이 묻어나는 정체성을 풍긴다(붉은색을 띠는 벽돌은 고벽돌, 푸른빛이 도는 벽돌은 청고벽돌이라고 한다). 사옥 파사드 벽돌의 가지런한 줄눈은 안정감을 주며, 무엇보다 벽돌 자체의 자연스럽고 친숙한 이미지가 주변 환경과 어울려 편안함을 선사한다.

내부의 좁은 계단 대신에 벽돌 외피와 내부 매스 사이에 직통 계단을 배치했다.

벽돌 외피와 내부 매스의 관계

은행나무출판사 사옥은 동서남북 4면 모두 벽돌로 둘러싸여 있다. 하지만, 가까이 다가가서 자세히 보면 모두 다른 재질감으로 사각형의 매스를 형성한다. 벽돌은 적층을 통해 하나의 덩어리를 만들어내는 재료이다. 한 장씩 보면 작은 크기로 세밀해 보이지만 뭉치면서 큰 무게감을 만들어 낸다. 단순해 보이지만 굉장히 정밀하고 정확하게 다루어야 하는 재료이다. 은행나무출판사 사옥은 치장 쌓기, 띄어 쌓기, 들여 쌓기, 매달아 쌓기 등 다양한 조적 공법과 함께 같은 재료이지만 다른 디테일을 통하여 하나의 조형물을 만들어 냈다. 벽돌 간격을 조금씩 띄어서 쌓은 벽은 공간의 다양한 변화를 일으킨다. 그물처럼 만든 벽은 답답한 느낌을 덜어주고 외부의 시선과 빛을 적당히 걸러주어 독특한 분위기를 만든다. 일일이 하나씩 벽돌을 쌓아가는 과정에는 조적공의 땀과 함께 단단함과 세심함이 녹아있다.

'밖'과 '안'을 오가며 6층 높이로 쌓은 벽돌을 끊임없이 인지할 수 있도록 했다. 유리창에도 벽돌이 비추고 있어 벽돌의 깊이감을 더한다.

벽돌 외피에 액자와 같은 창을 통하여 외부 풍경을 바라볼 수 있게 했다.

외부 표면을 벽돌로 감싸면서 내부 계단 대신에 벽돌 외피와 내부 매스 사이에 직통 계단을 배치하여 1층부터 옥상 정원까지 연결되는 동선을 설계했다. 자연스럽게 반 외부 공간이 만들어졌다. 직통 계단을 따라 올라가다 보면 벽돌 외피 사이사이에 액자와 같은 창을 통하여 외부 풍경이 보인다. 각층의 공간은 단단한 외부와 달리 답답하지 않은 내부를 만들기 위해 수평창을 설치했다. 벽돌은 매달아 쌓기를 하여 조망과 채광이 잘되도록 설계했다. 사옥은 '밖'과 '안'을 오가며 6층 높이로 쌓은 벽돌을 끊임없이 인지할 수 있도록 하였다. 유리와 콘크리트로 이루어진 내부 매스와 벽돌로 이루어진 외부는 주변 환경과 유기적인 관계를 맺으며 새로운 존재감을 형성한다.

직통 계단의 상부를 바라보면 하늘로 열려있다.

사람마다 각자가 가지고 있는 냄새와 감촉이 있듯이 건물에도 자기만의 냄새와 감촉이 있다. 은행나무출판사 사옥을 오르내리면 손끝으로 느껴지는 벽돌의 감촉과 바람이 불 때 코끝에 닿는 고벽돌의 냄새가 순간순간 걸음을 멈추게 한다. 촉감과 후각이 만들어낸 기억은 잘 잊히지 않는다. 마음속 어딘가에 각인되어 있다가 비슷한 상황에서 되살아난다. 존재감이란 시각 하나만으로 만들어지지 않는다. 오감의 작동으로 더욱 강렬하고 묵직하게 드러난다. 은행나무출판사 사옥의 존재감을 뒤로 하고 햇빛 가득한 날 1층 카페에 앉아 메세나폴리스를 배경으로 창밖을 바라보는 느낌도 나쁘지 않다.

벽돌은 적층을 통해 내외부를 소통시키며 하나의 덩어리를 만든다.

사람마다 각자가 가지고 있는 냄새와 감촉이 있듯이 건물에도 자기만의 냄새와 감촉이 있다.

정제된 담백함이 느껴지는, SK서린빌딩

●

1960년대부터 지어지기 시작한 오피스 빌딩은
그 당시만 해도 높이에서 느껴지는 상징적인 인상이 강했다.
경제 성장과 더불어 1980년대에 오피스 빌딩의 숫자는 계속해서 늘었다.
지금은 설계가 표준화되어 비슷한 느낌의 오피스 빌딩이 거리에 즐비하고,
유리 표면의 커튼월 때문에 서로서로 얼굴을 반사하고 투영한다.
반짝이는 수많은 오피스 빌딩 속에서 SK서린빌딩은
정제된 담백함으로 종로 한복판을 지키고 있다.

네모반듯한 사각형의 건물

SK서린빌딩은 종로구 서린동에 있는 오피스 빌딩이다. 종로에는 각양각색의 수많은 빌딩이 존재하고 가로수와 사람들로 인해 항상 복잡하다. SK서린빌딩은 160m 높이의 36층 건물로 눈에 잘 띌 듯하지만, 주변 경관을 압도하기보다는 차분하게 스며들어 있다.

화려한 간판을 내건 상점들이 즐비한 종로지만 SK서린빌딩에는 그 흔한 카페 간판 하나 없다. 지하 1층에 상가 아케이드가 있지만, 그 존재를 파악하기 어렵다. 더구나 대기업의 사옥이라는 특성 때문에 직원이나 협력 업체가 아닌 이상 일반 사람들은 이 건물을 경험할 일도 별로 없다. 가깝게 다가갈 수 있는 공간은 1층 로비와 2층의 금융 기관, 4층의 고객 접견실과 라운지, 나비갤러리, 카페 정도다. 나머지 공간은 순수한 사무 기능의 업무 공간이며, 옥상에는 직원용 옥외 휴게 공간이 있다. 20년이라는 세월이 무색할 정도로 사람들은 네모반듯하게 묵묵히 서 있는 이 빌딩을 무심코 스쳐 지나갔을 것이다.

SK서린빌딩은 1992년 9월에 착공하여, 1995년에 지하 7층, 지상 25층으로 건축 승인을 받았다가 36층으로 변경하여 1999년 11월에 완공됐다. SK서린빌딩이 들어서기 전 이 자리에는 스타다스트 호텔이 있었다. 1960년대 젊은 이들의 통기타 문화를 이끌었던 음악감상실 '세씨봉'이 있던 건물이다. 주변으로는 '무교동 낙지'로 불리며 서울의 대표 맛집으로 인기를 끌었던 유정·대성·서린 낙지가 있었다.

건물의 설계는 서울건축의 김종성 건축가가 맡았다. SK서린빌딩은 외관은 사각형이며, 기준층 평면은 51×33m로 황금 비율에 가깝다. 4면의 외벽에서 모두 균등한 격자 패턴이 이어지도록 디자인하여 외벽 자체가 구조체인 것을 표현했다. 건물 자체는 도시 속에 녹아들어 존재감을 숨기면서도 디테

종각역 사거리에서 바라본 종로1가 거리의 모습이다.
도심의 다른 업무 지역처럼 고층 빌딩들이 숲을 이루고 있으며, 그 사이에 SK서린빌딩이 보인다.

일에 있어서는 과감하게 개성을 드러낸다. 1층은 건물 주변의 도시적 맥락을 고려해 개방적인 공간을 조성했다. 오픈 공간을 만들기 위해 내려오던 격자형 입면을 없애고 9m 간격의 기둥만 남겼다. 전체적으로 건물 외관이 날렵하게 보이도록 2층 바닥 밑의 철골보 깊이를 1.2m 크게 했다. 외부 입면은 알루미늄 격자 멀리온(Mullion:강판을 접어 가로나 세로로 대는 것)을 일정한 형태로 덮어씌워 기하학적인 질서와 견고함, 입체감을 살렸다. 세로 선은 간격을 기둥보다 더 가늘게 했다. 가로 선의 간격은 보의 길이보다 더 넓게 해 외관상으로는 창 주위에 알루미늄 시트로 막힌 부분이 안쪽으로 움푹 들어가 보인다. SK서린빌딩의 창 면적은 일반적인 커튼월 건물보다 좁다. 하지만 건물을 전체적으로 바라보면 선명한 격자 패턴이 네모반듯한 입체감을 부각시키며 군더더기 없는 세련된 느낌을 준다.

검은색 알루미늄 격자 멀리온을 일정한 형태로 피복하여 기하학적인 질서와 견고함, 입체감을 살렸다.

남측 옥외 광장은 도시와 소통하지 못하고 있다.

건축의 공공성

SK서린빌딩은 종로를 마주하고 있는 전면과 청계천 쪽 후면에서 모두 출입이 가능하다. 대부분의 사람은 번화한 종로 쪽의 출입구를 사용하며, 자동차로 이동하는 사람들은 청계천 쪽의 출입구를 이용한다. 설계 당시 사람들의 통행을 고려하여 접근성을 높이고자 건물을 북쪽인 종로에 붙여 배치했다. 자연스레 남측에는 넓은 옥외 광장이 형성됐고 녹지와 선큰 가든(Sunken Garden : 지하나 지하로 통하는 공간에 꾸민 정원)을 조성할 수 있었다. 이후

선큰 가든이 활용되지 못해서 아쉽다.

2005년에 청계천 복원 공사로 인하여 청계로가 활성화되면서 건물 후면에 배치한 옥외 광장이 의도하지 않게 청계로와 자연스럽게 연계되었다. 결과적으로 건물의 주 출입구가 2개가 되어 정면과 후면의 구분이 모호해졌다. 건축물의 섬세한 설계를 생각할 때 옥외 광장의 조경은 아쉬움이 남는다. 개성없는 조경이 도로와 건물을 가로막아 차단벽이 되었다. 보행로보다 높이 화강암으로 단을 쌓은 화단은 시야를 차단해 답답함을 준다. 건물은 건물대로, 옥외광장은 옥외 광장대로 분리되어 공적·사적 영역의 경계로만 존재한다. 처음 설계 당시 청계로가 활성화되었다면 옥외 광장의 디자인은 지금과 많이 달랐을 것이다. 현재는 도시와 건물을 이어주는 적절한 소통 장치가 사라졌다. 미국 시그램 빌딩 앞의 광장처럼 보도와 같은 레벨로 연결된 시원한 공간을 조성했다면 어땠을까? 청계로와 건물의 옥외 광장, 실내 로비가 하나로 연결되어 개방감을 확보했다면 다양한 행위들을 통해 건축의 공공성을 획득할 수 있었을 것이다. 단순히 비워둔다고 해서 공공성이 생기는 것은 아니다. 사람들의 행위가 일어날 수 있도록 상업 시설과 연계해 매력적인 매개 공간을 만들 필요가 있다. 공공에 내어준 소중한 공개 공지(公開空地)가 말 그대로 '공지(空地)'로 남지 않도록 말이다. 오피스 빌딩은 상업 건축과 달리 개성 있는 디자인을 표출하기 어렵다. SK서린빌딩은 종로타워의 상징성과는 다르게 종로의 터줏대감처럼 굳건히 종로 거리를 지키고 있다. 화려하지 않지만 절제되고 정제된 디자인으로 오래도록 종로에 남을 것이다.

대부분 사람들은 번화한 종로 쪽의 출입구를 사용한다.

1층은 개방성을 위해 격자형 입면을 없애고 기둥만 남겼다.

조우

작은 도시를 담아낸, 웰컴시티

틈 속 계단 길로 유혹하는, 갤러리미술세계

도시와 조우하는 연장된 길, 재능문화센터

조우

작은 도시를 담아낸, 웰컴시티

도시의 산책자가 되어 건축물을 관찰해보면
보이지 않던 공간을 발견하는 재미가 있다.
다채로운 풍경을 담은 웰컴시티는 다른 건물들과 다르게
시간을 들여 오래 둘러보았다.
장충단공원에서 퇴계로로 넘어가는 언덕길을 올라가다 보면
내후성 강판으로 이뤄진 4개의 매스가 눈에 들어온다.
미로 같은 길의 구성 때문에 공간을 천천히 살펴보게 된다.

소통이 잘 되는 도시

광고회사 (주)웰커뮤니케이션즈의 사옥인 '웰컴시티(Welcomm City)'는 승효상 건축가가 설계했다. 지금은 디자인하우스 사옥으로 바뀌었다. '웰컴시티'라는 이름은 'Well + Communication City'의 조어다. '소통이 잘 되는 도시'라는 뜻으로 의뢰인이 직접 지었다고 한다. 이름에서부터 '도시'를 표방한 이 건축물은 도시적 공간 조직을 품고 도시의 풍경과 활기를 담고 있다.

도로 방향에서 웰컴시티를 보면 노출 콘크리트의 기단과 그 위에 내후성 강판으로 된 네 개의 건물이 공존한다. 네 개의 건물 사이에 세 개의 빈 공간이 있는데, 건축가는 이를 '어반 보이드(Urban Void)'라 부른다. '어반 보이드'는 건물을 세우고 우연히 남은 공간이 아니다. 도시를 세밀하게 관찰하고 의도적으로 비워 도시와 소통시키고자 한 공간이다. 이 공간이 건물을 살아 있게 만든다. 미세하게 서로 다른 각도를 가진 세 개의 보이드는 각기 독립적이며 크기와 모양에 차이가 있지만, 기본적으로는 동등한 가치를 지닌다. 도시와 소통하기 위해 열려 있는 동시에 닫혀 있는 공간이다.

매스와 보이드는 도시와 소통하기 위해서 열려 있는 동시에 닫혀 있는 공간이다.

웰컴시티는 다양한 중간 매개를 통해 사람들의 동선을 유도하면서 자연스럽게 내부 공간과 연결된다. 그 사이사이에 인위적 자연이 존재한다. 곧게 뻗은 대나무와 바람에 살포시 날리는 억새가 공간에 생명력을 더한다. 건물 중앙의 왼쪽 나무 계단을 따라 올라가면 마당 같은 공간이 나타난다. 노출 콘크리트, 내후성 강판, 유리 등으로 구성된 마당에는 나무 한 그루가 서 있는데, 상당히 인상적이다.

웰컴시티는 다양한 공간들을 통하여 사람들의 동선을 자연스럽게 내부 공간과 연결하고 있다.

나무 한 그루가 있는 중정과 같은 공간이다.

통로는 나무를 바닥재로 사용하여 다른 공간과 구별한다.

내부 공간은 계단과 시선이 이루는 각도에 의해 3차원으로 연계되어 있다. 천천히 걷다 보면 곳곳에서 사건을 만나고, 사람을 만나고, 숲을 만난다. 때로는 동선이 끝나는 곳에서 외부의 풍경이 극적으로 열리기도 한다. 내부가 미로처럼 얽혀 있어서 사람들이 공간을 완전히 파악하는 데 비교적 많은 시간이 필요하다. 다만 나무를 바닥재로 쓴 부분이 통로이므로 따라가다 보면 언젠가는 출입구를 만나게 된다.

골목길을 돌아다니는 듯 내부가 미로처럼 얽혀 있다.

풍경을 담는 건축

웰콤시티의 어반 보이드는 건물 앞과 뒤의 이질적 풍경을 연결하는 공간이다. 남측은 폭 35m의 전면 도로와 동국대학교가 위치하고, 북측은 폭 4m 정도의 골목과 연립 주택이 자리한다. 각각 공적인 공간과 사적인 공간, 동적인 공간과 정적인 공간, 대규모 공간과 소규모 공간으로 구분되어 있다. 주변의 상반된 도시적 상황을 모양이나 크기, 각도가 조금씩 다른 세 개의 보이드가 나누어 담아 공간으로 이루어진 풍경을 만들고 있다. 전면 도로에서는 보이드를 바라보도록 각도에 따라 다양한 풍경이 연출된다. 뒤편에 옹기종기 있는 연립 주택이 프레임 안에 들어온다. 뒷면에서 보면 건축물의 사이에 담긴 동국대학교의 모습이 진정한 의미의 입면이 되기도 한다. 어반 보이드 틀 안에 도시의 풍경을 담지 않아도 나무 바닥에 편안히 앉은 사람들이 다양한 모습을 만든다.

내후성 강판은 도장하기 어려운 교량을 위해 만든 철인데 약 5년 동안 일정량 부식되는 외피가 스스로 코팅막을 형성해 영구적으로 재료의 강성을 지속시킨다. 이 재료의 가장 큰 매력은 시간이 지나면서 재료의 모습이 바뀐다는 것이다. 자연스럽게 부식되면서 세월의 흔적을 고스란히 웰컴시티 외부에 남긴다. 무작위로 입면에 그려놓은 듯한 크고 작은 창은 거울과도 같이 시시각각으로 변하는 도시의 풍경을 담아낸다. 밤이면 그러한 상황이 역전되어 밤하늘에 부유하는 도시의 빛이 된다. 따라서 웰컴시티는 도시 풍경을 담아내는 하나의 필터이자 틀이며 도시적 장치이기도 하다. 웰컴시티의 보이드를 온전히 느끼기 위해서는 사계절을 경험해보는 게 좋다.

상층부의 매스가 분절되어 있어 주변의 도시 맥락과 스케일에 잘 어울린다.

가로에서 접근하는 웰컴시티는 부담없이 다가온다.

designhouse
SEOUL DINING

조우

틈 속 계단길로 유혹하는, 갤러리미술세계

●

회사에 가도, 학교에 가도, 가까운 카페에 가도 계단이 있다.
일상에서 별 의미 없이 마주치는 계단이
때로는 건물 전체를 대변하기도 한다.
인사동에는 특별한 공간을 선사하는 건물이 있다.
하나의 건물을 둘로 나누고 사이에 생긴 틈에 계단길을 만들었다.
지금은 갤러리미술세계로 바뀐 덕원갤러리가 바로 그 건물이다.

인사동 속 정체성

인사동4길 모서리에 있는 갤러리미술세계는 원래 40여 년 된 5층 높이의 육중한 검정 건물이었다. 2003년, 권문성 건축가의 리모델링으로 현재의 모습이 되었다. 1960~70년대에는 극동방송국, TBC방송국으로 사용되었다. 덕원갤러리 시절에는 1층은 은행, 2~5층은 전시실로 사용되었다. 지금은 1층과 2층에 인사동 거리와 어울리는 전통 공예품 판매장이 들어섰고, 3~5층은 전시장으로 꾸며졌다. 4층의 옥상 정원은 3~5층에 위치한 전시장 중앙에서 휴식과 옥외 전시를 위한 공간으로 사용되고 있다.

멀리서 갤러리미술세계 건물 틈 사이, 계단이 보인다.

직선의 휘어진 계단길을 통해 모든 공간을 연결한다.

갤러리미술세계는 4개의 외벽 디테일에 따른 4개의 다른 매스로 사람들의 관심을 불러일으킨다. 하나의 덩어리를 4개의 매스로 분절한 이유는 인사동의 주변 분위기에 맞추고 스케일이 작아 보이게 하기 위함이다. 3층 매스는 인사동길 전면에 파기와를 회벽과 함께 쌓아 올려 옛날 담장과 같이 친근하면서 동시에 현대적인 느낌을 살렸다. 수평목재 널 커튼월로 된 5층 매스, 적삼목이 촘촘히 박힌 노출 콘크리트 정방형 매스 그리고 종석몰탈 거친 마감으로 된 수직 매스 등 하나의 건물이 다양한 재료와 크기로 이루어져 있다.

인사동길에 면해있는 3층 매스는 정면에서 보면 다른 건물로 느껴질 정도로 독립적이지만, 2층과 3층은 그 뒤의 5층 매스와 계단으로 연결된다. 주변 건물들과 조화를 위해 5층 높이의 건물 앞쪽을 3층으로 낮추었다. 전면 3층 매스 위 적삼목이 박힌 벽으로 이루어진 정방형 매스는 독립적인 형태로 떠 있는 것처럼 보이도록 캔틸레버와 함께 45도 각도로 기울어진 기둥을 받쳤다. 이 매스는 3면에 창이 없다. 노출 콘크리트에 80*80*450mm의 적삼목을

인사동길에서 올려다본 적삼목이 박힌 정방형 매스의 모습이다.

데크가 깔린 4층의 야외 휴식 공간이다. 이곳에서 인사동길을 내려다보며 여유롭게 쉴 수 있다.

230mm의 간격으로 가로와 세로로 박아 특징을 살렸다. 도로 모퉁이에 면한 수직 매스에는 전망 엘리베이터와 기계실이 있다. 외부에서 엘리베이터가 위아래로 움직이는 모습이 보여 수직성이 더욱 강조된다. 5층 매스는 두께 50mm, 폭 300mm로 이루어진 적삼목이 루버를 이루며 수평성을 강조한다. 건물 틈 사이의 수직 계단과 어울려 그림자가 질 때면 수평선이 더욱 강조되어 강렬한 공간감을 준다. 갤러리미술세계는 인사동과 어울릴 수 있는 파기와, 전돌, 적삼목 같은 재료를 적극적으로 활용하여 거리에 색다른 표정과 활력을 만들어 내고 있다.

틈에서 만난 계단길

인사동의 건물들은 '길'이라는 요소를 유용하게 활용한다. 쌈지길은 인사동의 골목길을 'ㅁ'자형의 중정을 감싸 안은 완만한 경사로를 통하여 만들어 냈다. 그에 반해 갤러리미술세계는 집 속의 골목처럼 직선의 계단길을 중심으로 각 공간이 연결되어 있다. '길'을 경사로와 계단이라는 수직성으로 표현한 것이다. 계단은 엘리베이터와 에스컬레이터 등의 시설이 만들어지기 전까지 건물 내에서 유일하게 수직 이동을 담당하는 공간이었다. 계단의 사선이 만들어 내는 독특한 체험적 현상은 건물에 활기를 주며 상징적인 의미를 더한다.
갤러리미술세계는 건물 틈 사이에 조성된 외부의 직선 계단길을 중심으로 갤러리 공간과 상업 공간으로 나누어진다. 단순한 수직 동선이 아닌 인사동 골목을 건물의 내부까지 확장하는 장치이다. 일직선으로 뻗어 있는 계단길을 통하여 4층까지 갈 수 있는데, 약간 휘어지는 계단길을 올라갈수록 그 폭이 좁아져 상대적으로 더 높고 깊은 듯한 공간의 착시 효과를 준다. 이 외부 계단길은 모든 층으로 직접 연결된다. 계단길을 오르면서 쇼윈도와 목재패널 사이의 유리를 통해 각 층 내부를 볼 수 있다. 남측 끝부분에 도착하면, 유턴해 다시 직선의 계단길을 따라 옥상까지 올라갈 수 있도록 이어져 있다. 계단길은 인사동을 산책하듯이 주위를 감상하며 올라갈 수 있도록 디자인되었다. 계단길을 걸으면 건물에 사용된 모든 재료들을 손으로 만져볼 수 있다. 계단

수직의 계단길과 수평의 목재 루버가 조화롭다.

엘리베이터의 유리창이 수직성을 강조한다.

길을 오르내리면서 한식기와 쌓기벽, 수평목재 루버벽, 노출 콘크리트 위 적삼목벽 그리고 종석몰탈 거친 마감벽까지 하나하나 체험할 수 있는 독특한 장면을 연출한다. 계단길은 건물의 중심을 가로지르며 옥상까지 이어주고, 자연스럽게 거리의 동선과 시선을 끌고 들어와 소통의 공간을 형성하고 있다. 세월이 지나면서 간판, 현수막, 접이식 차양 등이 건물 본 모습을 점점 가리고 있다. 외벽의 돌출된 부재 사이사이에는 먼지가 쌓였다. 계단길은 3층에 유리문이 만들어져 수직적 상징성이 감소 되었다. 그로 인해 사람들의 출입이 이전보다 많이 줄었다. 미술세계가 덕원갤러리를 인수하여 "갤러리미술세계"로 건물명을 바꾸고, 2016년부터 미술세계 아카데미를 운영하면서 초기의 모습이 조금씩 돌아오는 듯하다.

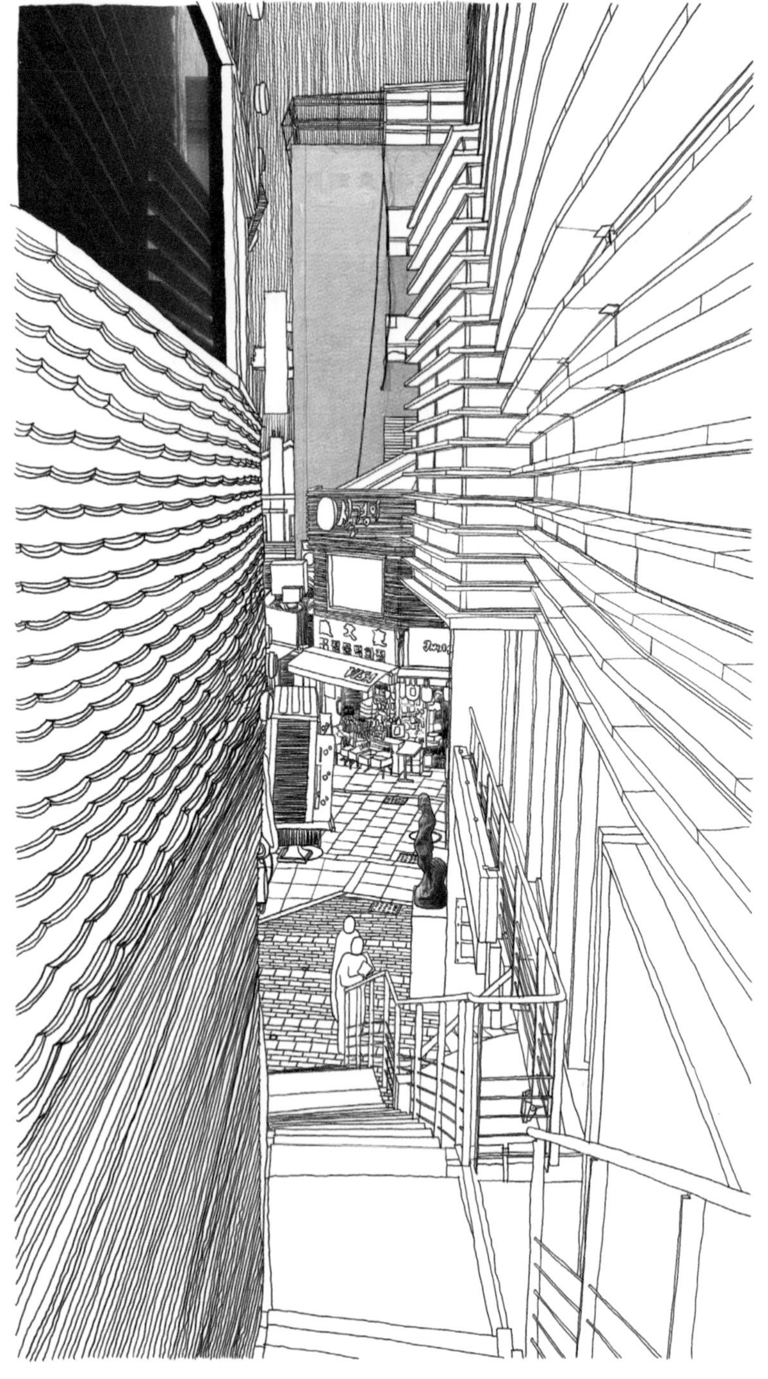

건물 틈 사이의 인사동은 평소와 다르게 보인다.

조우

도시와 조우하는 연장된 길, 재능문화센터

●

어떤 곳을 천천히 걷다 보면, 시선은 어느 순간 내면을 향한다.
내게는 재능문화센터가 그런 장소이다.
도시와 연결된 계단과 길 그리고 마당을 걸으며
잠시나마 나를 돌아보게 된다.

길과 마당을 통한 문화 공간

종로구 혜화동 로터리 주변은 5개의 길이 만나 매우 혼잡하다. 혜화파출소 왼편으로 좁은 골목길을 따라 올라가면 양쪽에 2~4층 규모의 빌라와 상점들이 있다. 이 길을 지나 혜화문 방향으로 언덕을 올라가다 보면 약 50m 간격을 두고 노출 콘크리트로 마감된 두 개의 건물을 만날 수 있다. 교육 기업인 재능교육 사옥 바로 앞에 있는 아트센터와 크리에이티브센터인데, 건물의 이름은 재능문화센터(JCC)이다.

아트센터 매스는 외부로 노출된 계단과 마당으로 비어 있다.

재능문화센터는 재능교육과 안도 다다오 건축가가 만든 복합 문화 공간이다. 아트센터는 미술관과 콘서트홀로 구성되어 있다. 크리에이티브센터는 스크린 및 음향 시설을 갖춘 오디토리움과 재능교육의 연구개발(R&D)센터로 이루어져 있다. 혜화동 길이 연장되어 재능문화센터의 계단을 따라 건물 안으로 이어진다. '길'을 테마로 도시와 경계를 허문다. 길과 이어진 마당은 건물의 모든 기능을 연결한다. 길과 건물 사이에 문이 있는 것이 아니라, 길이 건물 내부까지 깊숙이 들어간다. 재능문화센터의 외부 공간은 마치 동네 마당과 같다. 건물을 수직으로 연결하는 동선들이 적극적으로 외부에 노출되면서 그곳을 이동하는 사람들은 서로의 시선을 소통하게 된다.

마당 쪽으로 난 개구부들의 크기와 개방 방법은 사람들이 시선을 주고받을 수 있도록 조율했다.

아트센터 외부 계단을 이용해 올라가면 옥외 마당과 마주한다. 마당의 왼편으로 넓은 계단과 함께 'V' 형 기둥이 받치고 있는 콘크리트 구조체가 보인다. 이어진 계단을 따라 더 올라가면 휴식을 취하며 도시를 바라볼 수 있는 공간이 나온다. 이 여정을 안내하는 외부 계단은 아트센터 주변을 휘감으면서 건물 꼭대기까지 이어진다. 크리에이티브센터는 입구를 언덕길의 각도와 흐름을 같이하여 주변과 자연스레 어우러진 외부 공간으로 계획되었다. 사선으로 상승하는 콘크리트 매스는 대지 안쪽으로 이어진다. 콘크리트 매스는 안쪽으로 갈수록 높이가 낮아져 여러 번 꺾인다. 지붕의 꺾인 부분은 계단으로 만들어 사람들의 흐름과 휴식을 유도한다. 도로에 접한 매스를 제외하면 중정인 마당을 중심으로 길과 계단을 따라 'ㅁ'자 형태를 이룬다.

크리에이티브센터는 사선형으로 상승하는 콘크리트 매스가 대지 안쪽으로 이어지면서 'ㅁ'자 형태를 이룬다.

재능문화센터는 건물 속에 길과 마당이 있다. 하나의 건물 안에 있지만, 프로그램은 모두 독립적이다. 마치 개별 건물들이 길을 따라 연결되는 도시 구조처럼, 각 공간은 상승하는 계단을 따라 연결되고 관계를 맺는다. 길 중간에 놓인 마당을 통해 도시를 바라볼 수도 있다. 건물의 단순하면서도 중첩된 매스와 형태는 내부 개별 공간들의 독립성을 강조한다. 또한, 건물 외부를 감싸며 형성된 길, 계단 그리고 마당으로 연결된다. '문화 공간'이란 건물 안의 특정 공간이 아니라 상승하는 길, 그 자체를 이야기하는 것일지도 모르겠다.

노출 콘크리트와 나선형 계단

안도 다다오 건축가 건물의 가장 큰 특징은 노출 콘크리트다. 재능문화센터 역시 건물의 내외부 모두 노출 콘크리트로 마감했다. 표면을 만져보면 거친 듯하면서도 부드럽다. 거푸집의 재질을 고스란히 반영해 자연스러운 질감을 만들어냈다. 시멘트의 회색이 주를 이루는 건물은 절제되고 소박한 느낌으로 주변 지역에 녹아든다. 노출 콘크리트는 회색의 모노톤으로 주변의 색을 모두 받아들이며 자연의 빛에 가장 솔직하게 반응한다. 시간과 빛, 날씨에 따라 시시각각 자연과 오묘한 조화를 만들고, 사람, 자연, 건물, 도시가 재능문화센터 안에서 어우러진다.

아트센터 1층에서 지하로 내려가는 나선형 계단은 역동적이다.

아트센터 외부 계단을 이용해 올라가면 옥외 마당과 마주한다.

대지 안쪽으로 이어지는 크리에이티브센터 매스는 V'형 기둥이 받치고 있다.

아트센터 내부의 최하층과 최상층을 연결하는 나선형 계단도 독특하다. 감아 올라가는 곡선의 계단은 기하학적이며 형태적 심미성도 뛰어나다. 나선은 수직적 움직임을 가장 역동적으로 상징하는 형태로 계단 본연의 기능에 잘 부합하면서도 조형물과 같은 역할을 한다. 강한 형태적 특성 때문에 공간 안에서 조각적인 요소로 느껴진다. 1층의 나선형 계단을 따라 지하로 내려가면, 차가운 느낌의 노출 콘크리트로 이루어진 건물에서 유일하게 나무로 마감되어 따뜻한 느낌을 주는 콘서트홀을 만난다. 나무로 마감한 이유는 소리의 울림을 위해서다. 실제로 콘서트홀의 모든 좌석에 소리의 밀도가 균등하게 전달되어 좌석 등급을 따로 구분하지 않았다.

길이나 마당은 건물로 사람을 인도해주는 통로만은 아니다. 사람들이 만나고, 이야기 나누고, 기다리며 머무는 장소다. 재능문화센터는 길의 종점이 아니라 또 다른 길의 연장으로 도시와 조우(遭遇)한다.

재능문화센터에서 바라보는 도시의 모습은 풍경과 같다.

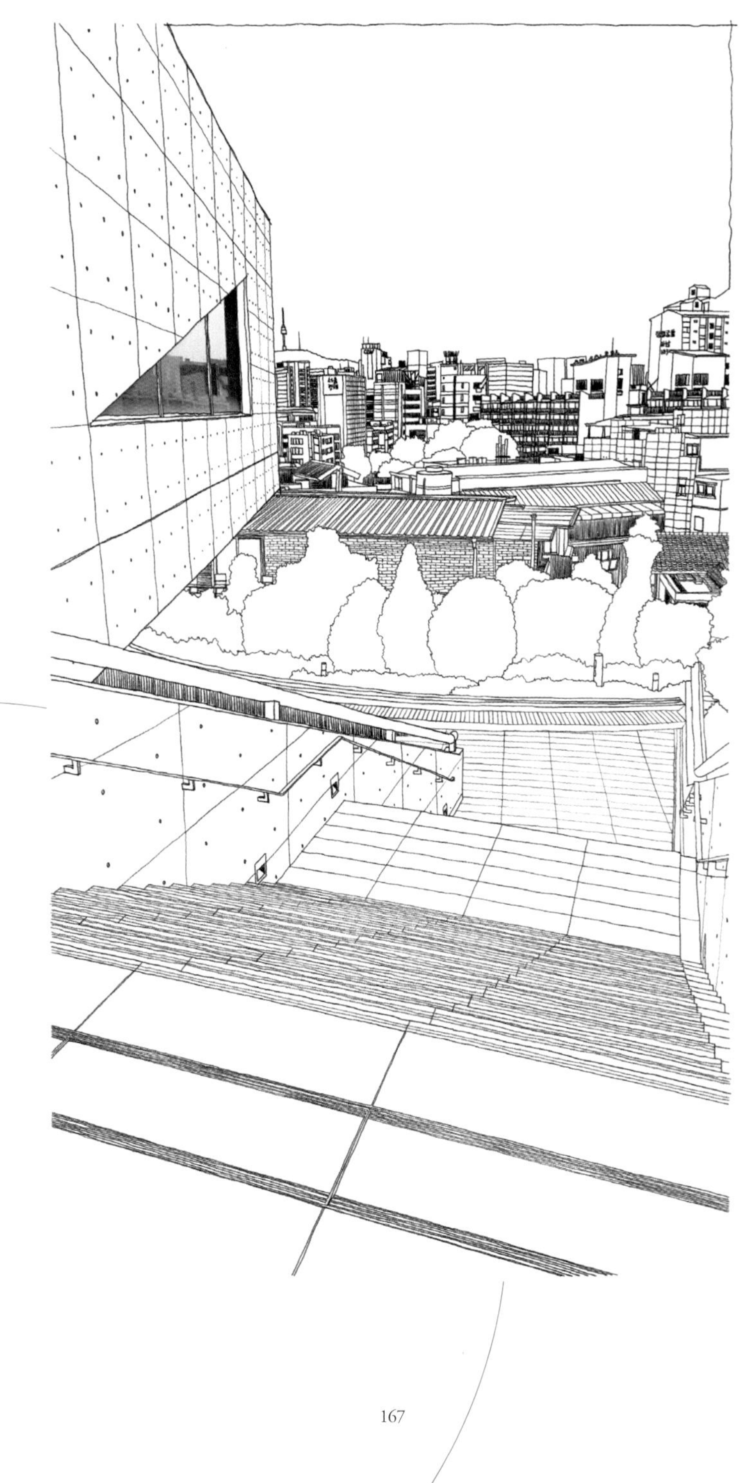

유동

기다림을 녹여낸 홍대, 서교365

비일상 속 일상의, 서울고속버스터미널

변화의 흔적 속, 인사동길

기다림을 녹여낸 홍대, 서교365

●

같은 문제라도 사람에 따라, 같은 사람이라도 때에 따라 선택이 달라질 수 있다.
오늘도 어떤 선택을 할지 끙끙대는 당신과 함께 수많은 선택 속에서 건축된 서교365는 간편하고 익숙한 재료로 대체할 수 없는 숱한 시간들이 모여 만들어진 곳이다.

기차를 닮은 서교365

홍대 앞 주차장에서 3층 높이의 '서교365' 건물이 보인다. 하늘에서 서교365 건물을 바라보면 폭 2~5m, 길이 200m의 기차 모양을 닮았다. 1920년대 일제강점기에 당인리 화력발전소(현 서울화력발전소)가 건설되면서 주차장 길을 따라 석탄을 운반하기 위한 철로, 즉 당인리선이 생겼다. 당인리선은 용산에서 출발하는 경의선의 한 줄기로 서강역을 기점으로 지금의 홍대입구역을 거쳐 당인리 화력발전소까지 가는 기찻길이었다.

1970년대 접어들어 좁은 철둑 위에 낮은 건물들이 하나둘 들어섰다. 1975년 연료가 석탄에서 가스로 대체되면서 선로가 필요 없어졌기 때문이다. 1982년 6월 당인리선은 폐선되었고 흔적만 남았다. 지금도 서교365 건물이 끝나는 지점에는 옛날 간이역의 흔적으로 색상과 촉감이 다른 콘크리트 바닥이

수많은 선택과 기다림의 흔적들이 마치 낡은 조각보처럼 보인다.

뒤섞여 있다. 1980~1990년대 젊은 예술가들이 이곳에 작업실을 하나, 둘 만들기 시작하면서 개성 있는 풍경들이 연출됐다. 현재 서교365 앞쪽의 '주차장 길' 쪽에는 도로가 넓어 타로 카페와 옷가게가, 뒤쪽 '서교시장 길'은 좁은 골목길로 각종 먹거리를 파는 상점들이 줄지어 있다.

수많은 인연이 모이는 서교365

홍대 앞 어울마당 거리는 '걷고 싶은 거리'로 불린다. 낮부터 많은 사람이 몰려 북적거리던 홍대 앞 거리는 밤이 되면 더 많은 사람으로 가득 찬다. 저렴한 패션부터 화장품, 음식점까지 젊은이들을 사로잡는 매력적인 상점이 눈길을 끈다. 이 길을 따라 걷다 보면 사람들의 시선은 액세서리와 패션 상점으로 가득한 1층으로 모인다. 2층과 3층은 지저분해 보이고 상점도 없는 것처럼

지하철역에서 나와 홍대 정문을 향해 걸어 올라가다 보면 오른쪽으로 '서교365' 건물이 보인다.

보여 사람들의 관심을 끌기에는 역부족이다. 하지만 아랑곳하지 않고 언제나 서교365는 땅 위에 굳건히 서 있다.

서교365의 '서교'는 동네 이름이다. '365'는 365일이라는 뜻일 것 같지만, 이곳의 번지수일 뿐이다. 서교동 365-2번지에서 26번지까지 23개의 필지에 들어선 가늘고 긴 건물군이다. 건물에도 자기에게 어울리는 이름이 존재한다. 서교365가 그렇다. 한번 들으면 오래 기억에 남아 잊히지 않는다.

수많은 인연이 모여 서교365가 형성되었다. 땅과 건물, 건물과 사람, 사람과 사람의 인연이 자리한다.

삶은 선택의 연속이다. 크고 작은 선택들이 모여 하루가 된다. 어떤 선택으로 인해 기뻐했거나 아파했던 날들을 거쳐 지금에 이르렀다. 새로운 선택 앞에서 고민하다가 내린 결정이 항상 같은 결과를 가져오는 것도 아니다. 정답이 없다. 그래서일까. 선택은 늘 새롭다. 시간과 선택의 흐름에 따라 무작위로

서교365는 기차 모양을 닮았다.

서교365를 사이에 두고 동쪽과 서쪽의 도로 폭과 느낌이 다르다.
동쪽의 도로가 더 넓으며 옷 가게와 악세사리 가게가 즐비해 있다.

서쪽의 도로는 폭이 좁아 골목길의 느낌이 나며 먹거리를 파는 상점이 많다.

서교365 건물은 높이가 다른 동쪽 도로와 서쪽 도로를 관통하여 연결한다.

만들어진 서교365는 새롭고 독특하다. 건물의 형상은 누더기 같지만, 세월의 흔적이 담겨있는 입면도, 다양한 형태의 가게들도 모두 우연한 선택에 의해서 이루어진 것이다. 시간의 기다림이 녹여낸 서교365는 없어서는 안 될 값진 보물로 남아있다.

사람들은 대체로 옆에 있는 존재에 무심한 편이다. 잠시 떨어져 있거나 사라지는 순간이 되면 소중함을 깨닫는다. 도시 속 건축물도 사라진 후에야 그 귀중함을 알게 되는 것은 우연일까? 일상의 소소한 웃음으로 사랑을 지킬 수 있다면, 건축물을 지키는 것은 일상의 추억일 것이다. 기차처럼 긴 형상을 하고, 오랜 세월을 버텨온 서교365를 다시 한번 바라본다.

DVD
~80%
RED BUCKET
세계과자할인점
Muy bien

서교365는 다양한 사람들처럼 각기 다른 개성의 모습을 하고 있다.

비일상 속 일상,

서울고속버스터미널

●

서울에서 멀어지거나 가까워지는 사람들이 끊이지 않는다.
떠나는 사람도, 떠나지 못하는 사람도
타인의 일상을 바라보며 수많은 풍경과 마주한다.
때로는 휴가가 아니라, 일을 핑계로 일상을 떠나더라도
행복해지는 날이 있다. 그 순간부터 장소는 중요하지 않다.
떠나기로 마음먹은 순간의 설렘과 떠나기 위해 도착한 플랫폼의 부산함이
여행을 위한 풍경 전부일지도 모른다.
이른 아침, 사람 냄새 나는 서울고속버스터미널로 발걸음을 옮겨본다.

역사 속 서울고속버스터미널

고속버스가 본격적으로 등장한 것은 1969년 4월 12일이다. 한진고속에서 20대의 고속버스로 서울과 인천을 왕복하기 시작했다. 경인고속도로 개통으로 가능한 일이었다. 많은 고속도로의 건설은 전국을 '1일 생활권' 으로 만들었다. 하지만, 6개 업체가 회사 형편대로 마련하다 보니 터미널 위치가 제각각이었다. 한진고속은 서울역 앞 봉래동 입구에, 삼화고속은 종로구 관철동에, 광주고속 등 4개 업체는 동대문 앞에 있었다. 대합실은 협소하기 이를 데 없었고 그마저도 갖추지 못한 곳이 대부분이었다.

1975년 사람들의 도심 집중을 완화하고 강남을 개발하기 위해 반포동의 넓은 벌판에 종합버스터미널을 세우기로 하고, 1976년 기공식을 했다. 그러나 당시는 강남 개발을 본격화하기 전이라 대부분의 인구가 강북에 몰려있던 시절이었다. 그러다 보니 서울 각지에 흩어져 있는 터미널에서 승객을 태운 다음 반포동을 거쳐 가는 수밖에 없었다. 결국 새로운 터미널은 시내 곳곳에

서울고속버스터미널은 일상 속 비일상의 공간을 선사한다.

난립해 있던 터미널을 한곳으로 모으려던 본래의 목적을 이루지 못했다. 건물마저 가건물로 지어 야간 주차장으로 이용될 뿐이었다. 이후 강남을 개발하면서 아파트와 상가가 들어서고 유동 인구가 늘어나면서 터미널 이용자들이 증가하기 시작했다. 1981년에는 경부선 버스들이 발착하는 삼각형 모형의 11층 건물과 호남선의 3층 건물을 새로 지었다. 2000년 이후에는 호남선 터미널이 있던 자리에 '센트럴 시티'라는 터미널과 백화점 그리고 고급 호텔로 이뤄진 복합 문화 공간이 들어섰다.

비일상적인 구조물

서울고속버스터미널의 이름은 강남에 있다고 해서 '서울강남' 혹은 '서울호남'이라고 부르는 센트럴 시티에 대비해 '서울경부'라고도 부른다. 고속버스 승차권에는 '서울경부'로 표기되어 있다. 하지만 사람들은 옆의 센트럴 시티와 묶어서 '고속버스터미널', '고속터미널', '강남터미널' 또는 '고터'라고 줄여 부르기도 한다.

서울고속버스터미널 건물을 준공한 1981년에는 승·하차장이 1층, 3층, 5층에 있어서 고속버스는 긴 경사로를 따라 건물 안을 순환해야 했다. 5층이나 3층에서 버스를 타고 지상으로 내려갈 때는 롤러코스터를 타는 듯했

일렬로 서 있는 기둥들은 독특한 구조미를 부각시킨다.

다. 그러나 건물을 지을 당시 승차장과 진입로를 교량이 아닌 일반 콘크리트 건물을 기준으로 했기 때문에 승차장이 버스 무게를 지탱하지 못하는 문제가 발생했다. 이 때문에 1988년 5층 승차장을 폐쇄했고, 1992년에는 3층 승차장도 폐쇄했다. 현재는 1층만 승차장으로 사용하고 있으며, 3층은 화훼 상가, 5층은 웨딩홀로 바뀌었다.

오랜 세월이 지나 다소 쇠락한 모습이지만 독특한 구조와 길쭉한 피라미드처럼 생긴 형태가 마치 SF영화에나 나올 듯하다. 외부 공간은 인도가 좁아 불편하고, 터미널로 가려면 백화점을 지나가도록 동선을 계획했다. 내부 공간은 벤치를 놓아야 할 공간에 카페와 매점이 들어서 있다. 대합실에서 편안하게 버스를 기다릴 자리가 많지 않아 때로는 몇천 원짜리 커피를 시켜 놓고 앉아 있을 수밖에 없다. 그래서일까? 수많은 사람에게 느껴졌던 정감 어린 일상의 모습이 사라져가는 것 같다.

최근 서울고속버스터미널이 내부 리모델링을 했다. 사람들이 편히 버스를 기다릴 수 있도록 휴게 공간을 디자인했다. 시간이 흘러봐야 알겠지만, 혼잡한 플랫폼이 안락한 공간으로 사람들의 기억 속에 남으면 좋겠다. 거대한 스케일의 비일상적 구조물인 서울고속버스터미널이 단순한 풍경으로 남지 않고 일상을 회복했으면 한다.

리모델링한 내부 공간은 이전보다 조금은 더 편안해진 듯하다.

내부 공간은 층고가 높아 개방감을 확보한다.

신반포로 쪽 매스에는 다양한 식당들과 비를 피해 다닐 수 있는 회랑으로 되어 있다.

서울고속버스터미널은 길쭉한 피라미드처럼 보인다.

벽돌로 리모델링된 벽과 이전부터 존재하던 기둥이 묘한 조화를 이루고 있다.

14
천안
천안
14
15
천안
천안
15
16

변화의 흔적 속,

인사동길

●

인사동길의 시작과 끝에는 마당이 있다.
안국역에 가까운 북쪽에 있는 마당이 북인사마당이고
종로 방향에 조성된 곳이 남인사마당이다.
인사동길은 종로변 남인사마당부터
안국동 로터리 북인사마당까지 불과 600m의 길이다.
예전에는 고미술품과 고서적을 파는 상인과 화랑,
유명한 가구점과 병원, 규모가 큰 전통 한옥이 많았다.
새로운 건물들과 다양한 카페 및 식당이 들어서면서
인사동길은 차차 변해갔다.

인사동길이 되기까지

인사동은 조선 시대 도성 안 한복판에 있었다. 대표적인 상업의 중심지였던 동시에 고급 주택지이기도 했다. 이후 조선 시대 관아인 충훈부터 규모가 큰 여러 필지가 도시 한옥군으로 바뀌었다. 변화의 과정 중 몰락한 양반가에서 흘러나온 골동품 등이 시장을 형성하면서 상인들이 모여들었다. 고서점, 고가구 등이 들어서게 되어 초기의 전통문화 관련 가게들이 모여 있는 인사동 거리가 만들어졌다. 또한 1920년에서 30년 사이에 현재의 태화관길이 신설되었다. 남북 방향의 가로인 인사동길과 동서 방향의 태화관길로 이루어진 인사동의 가로가 형성됐다.

1970년대에 들어서 한국 최초의 상업화랑인 현대화랑이 개업하면서 인사동길에 여러 화랑이 자리 잡기 시작했다. 이와 함께 전통 찻집, 주점, 한식당 등이 성업하게 되었다. 도시 개발이 본격화되면서 낙원상가, 파고다아케이드, 고합빌딩 등 대규모 건물들이 생기기 시작했다. 1980년대에 공평재개발이 진행되었다. 태화관길 변으로 대규모 업무 시설들이 들어서면서 인사동의

지금의 북인사관광안내소는 기존보다 면적이 2배(12.6㎡ -> 22.6㎡) 정도 넓어졌다.

도시 조직도 크게 변화하기 시작했다. 1990년대가 되면서 인사동은 관광지로서의 면모를 갖추고 사람이 붐비는 도심 내 명소가 되었다.

가끔은 기대고 싶은 느낌의 인사동길이다.

인사동의 '길'

대부분의 사람은 인사동의 큰길만 걷는다. 사실 인사동의 매력은 미로 같은 좁은 골목 속에 있다. 한집 한집 들어서는 집들에 따라 형성된 골목길은 구불구불 꺾이기도, 휘어지기도 한다. 때로는 막다른 골목이 나타나기도 한다. 너비도 일정하지 않아 걷는 재미가 있다. 이러한 작은 골목길들이 중간 크기의 길로 모이고 다시 큰길로 모여드는 형상을 하고 있다. 걸으면서 발견하는 전통적이고 독특한 장소들의 풍미는 더욱 달콤하다. 인사동의 골목길은 변화 속에 남아 있는 삶의 흔적이다.

인사동의 골목길을 현대적인 언어로 표현한 건물이 쌈지길이다. 쌈지길의 골목은 인사동길의 연장이다. 골목길의 모습이 하나둘씩 사라지고 있는 지금, 쌈지길은 생동감 있게 살아 있다. 쌈지길은 최문규 건축가가 설계했다. 쌈지길의 백미는 경사로와 내부 마당이다. 마당을 중심으로 각 층은 완만한 경사로로 이어져 있다. 다양한 가게를 구경하며 걷다 보면 어느새 옥상 정원에 다다르게 된다. 마름모 형태의 마당을 중심으로 4층 전체가 하나의 골목길로 연결되도록 만들어졌다.

쌈지길의 경사로는 힘들다는 느낌이 전혀 없다. 심지어 오른다는 느낌도 거의 없는 기울기이다.

쌈지길과 다르게 오래전부터 인사동길을 자신의 언어로 표현해낸 통인가게가 있다. 옥상에 놓여있는 장독대 항아리는 담담하게 세월을 지나온 장승처럼 인사동 한 편을 지키고 서있다. 통인가게는 인사동의 다른 건물들과 다르게 한 걸음 뒤로 물러나, 작은 앞마당이 인사동길에 여유를 주고 있었다.

하지만, 어느 날 앞마당이 사라지고 2층의 누각 건물이 가로막듯이 인사동길 변에 들어섰다. 앞마당의 여유가 사라져 마음의 여유도 사라졌다. 건물도 사람이 짓는 것, 사람의 마음이 변하면 건물도 변하게 된다. 옥상 장독대의 항아리들과 살짝 치켜올린 눈썹 같은 창문 프레임은 항상 사람들을 미소 짓게 했었다. 건물 2층의 유리 위로 말아 올린 듯한 족자 형상 또한 눈의 부담감을 덜어주기에 충분했었다. 하지만, 이제는 누각 건물에 가려져서 잘 볼 수가 없다.

현재의 통인가게 모습이다. 창을 거의 내지 않은 것은 햇빛을 막기 위해서이다. 판매하는 고가구들이 햇빛을 많이 받으면 뒤틀려 변형되기 때문이다.

지금 남인사마당의 모습은 2010년에 조성되었고 북인사마당의 안내소는 2014년에 신축하였다. 남인사마당에는 전통 문양의 야외 무대가 설치됐다. 무대 배경으로는 궁궐 어좌 뒤에 비치되던 해와 달을 주제로 한 '일월오봉도'가 도자기 타일로 붙여졌다. 방문객들을 위해 관광안내소도 만들었다. 하지만 정작 사람이 없다. 어떤 일이 이루어지고는 있지만, 온기를 느낄 수 없다. 마당과 사람의 거리가 두 걸음 이상 벌어진 듯하다. 두 걸음의 거리가 한 걸음이 되는 순간, 사람의 온기를 느낄 수 있는 친밀감이 더해질 것이다.

지금도 인사동길은 끊임없이 변화 중이다. 사람도 변하고 건물도 변하고 길도 변한다. 그러나, 수많은 변화 속에서 변하지 않는 흔적들이 존재한다. 그 다양한 흔적들이 모여 인사동길이라는 튼튼한 정체성을 만들어나갈 것이다.

통인가게의 누각과 건물 사이에 남아 있는 공간이다.

남인사마당의 전경은 어디인지 모르게 쓸쓸해 보인다.

인사동은 한옥과 모던한 건물들이 섞여 자신만의 이야기를 채워나가고 있다.

존재

시린 낙원, 낙원상가

아련함 속에 떠오르는, 절두산성당

일상 속 낯섦으로 다가오는, 태양의집(현썬프라자)

시린 낙원,

낙원상가

●

서울을 걷다 보면 생각지 못한 장소에서 전혀 다른 세상을 만나기도 한다.
시장과 악기 상가, 주차장, 극장, 야외 공연장, 아파트 등을
한 건물에서 경험하기는 쉽지 않다.
그래서 낙원상가는 서울에서 가장 드라마틱한 공간 중 하나일 것이다.
마치 도시 속에 또 하나의 도시를 형성하고 있다.
어디에나 있지만, 어디에도 없는 그런 공간이 낙원상가이다.
사람들의 부대낌과 체취를 통해 살아있음을 느낄 수 있다.

낙원상가의 장소성

현재 낙원상가가 있는 낙원동 284-6번지는 일제강점기에 소개공지(폭격에 의한 화재로 불이 번지지 못하도록 아무런 건물도 짓지 않고 공터로 남겨두는 공지이다. 경성부내의 소개공지대는 모두 19곳이었으며, 그 중 하나가 종묘 앞에서 필동까지의 현 세운상가 지대였다)로 조성하다 중단된 채로 방치되어 있었다. 한국전쟁 때는 이재민과 월남 이주민들이 이 소개공지로 모여들어 정착했다. 1960년대까지 재래시장과 술집 등 위해(危害)업소와 판자촌이 얽혀 있는 낙후된 지역이었다. 이후 서울시는 도심부 불량 주택 지대 재개발의 일환으로 현재의 낙원상가 일대를 철거하기로 했다. 이때 철거한 공지는 율곡로와 종로 사이에 있었다. 당시 서울시는 차량이 늘어남에 따라 이 두 곳을 관통하는 4차선 도로가 필요하다고 판단했고, 도로 신설로 인해 삶의 터전을 잃게 된 시장 상인들에게 지하 공간을 마련해주기로 했다. 서울시는 이 사업 비용을 민간 투자로 해결했다. 이 때문에 건설회사의 수익을 위해서 신설하는 도로 위에 상가와 아파트를 건설할 수 있도록 허가했다. 그렇게

낙원상가는 도시 속의 또 하나의 도시이다.

1969년 낙원상가가 들어섰다.

낙원상가는 우리나라 주상복합 건물의 1세대이다. 건립 당시, 낙원상가 지하층에는 기존 낙원시장의 상인들이 입주했다. 지상 2~5층에는 토산품, 식당, 전문 횟집, 볼링장, 극장 등 다양한 업종이 입점했다. 6~15층은 최고급 아파트로 조성해 149세대가 개별 분양되었다. 당시만 해도 낙원상가는 독특한 대단위 복합 건물이었는데, 이를 구상했던 기록의 흔적을 전혀 찾아볼 수 없다. 설계자 또한 김수근 건축가라는 설, 일본인 건축가라는 설, 김만성(연합건축) 건축가라는 설 등 추측만 무성할 뿐 누가 설계했는지조차 모르는 실정이다.

악기 상가 내부 모습은 인간적이다.

낙원상가, 그 후

건립 초기 입주해 있던 다양한 상점은 영업 부진 때문에 점차 악기점으로 변화해갔다. 1976년 낙원상가와 대일건설이 건물 2층을 260여 점포로 구성된 악기 전문 상가로 탈바꿈시키는 데 합의했다. 1983년에는 탑골공원 담장 부분에 있던 파고다아케이드(1968년 완공)를 철거하면서 이곳의 피아노 상인들까지 입주해 낙원상가는 국내 최대의 악기 상가로 발돋움했다.

수직 중정은 7개 층의 높이를 관통한다.

악기 상가와 함께 낙원상가는 특이한 공간을 갖고 있다. 4층에 극장이 있다. 원래는 할리우드 극장이 있었으나 이후 노인 전용 영화관과 시네마테크 서울아트시네마가 같이 있게 되었다. 2015년 서울아트시네마가 이전했고, 현재는 노인 전용 영화관만 남아 있다. 넓은 옥상 마당 일부는 야외 공연장으로 사용하고 있다. 6~15층까지의 아파트에는 9층부터 15층까지 7개 층을 관통하는 수직 중정이 있다. 복잡한 도시 공간 속에 비일상적인 중정 공간은 매우 특별한 경험을 선사한다. 9층 중정에 있으면 매우 조용한 교회에 온 듯한 느낌이 든다. 위를 올려다보면 천창을 통해 햇빛이 비쳐 포근한 공간을 선사한다. 양쪽 벽면의 거대한 부조는 따스한 느낌을 더해준다.

4층에는 노인 전용 영화관과 옥상 마당이 있다.

하지만 낙원상가의 '낙원(樂園)'은 여전히 시리다. 오래된 시설과 폐쇄성, 낙후된 주변 지역, 하부의 쾌적하지 못한 보행 조건 등의 환경적 요인, 상가 내부 프로그램에 대한 대중의 관심 감소와 맞물려 점점 고립되었다.

요즘 새로운 소식이 낙원상가에서 들려온다. 서울시는 낙원상가에 문화 공간인 '서울생활문화센터 낙원'을 만들었다. 도시 재생 사업의 일환으로 계획된 이곳이 지역 주민과 상인 그리고 인사동과 돈화문로 일대를 연결하는 연결성을 회복하여 주변 지역에 어떤 영향을 줄지 지켜봐야 하겠다. 어디에도 존재하지 않을 것 같은 공간과 개성 있는 프로그램이 주변 지역과 함께 잘 어우러진다면 낙원상가의 '낙원'도 먼 미래의 이야기는 아닐 것이다. 여전히 서울이라는 도시에서 다양한 삶의 모습이 집약된 낙원상가가 주는 상징적 메시지는 우리에게 많은 것을 시사한다.

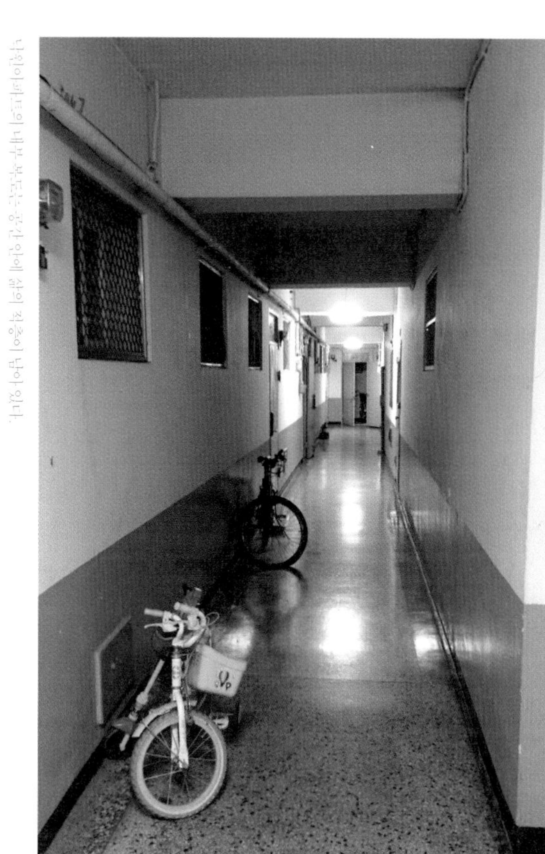

낙원아파트의 내부 복도는 공간 안에 삶의 적층이 남아 있다.

저층부 악기 상가와 낙원아파트의 매스는 인사동과 어울리지 않을 듯 공존한다.

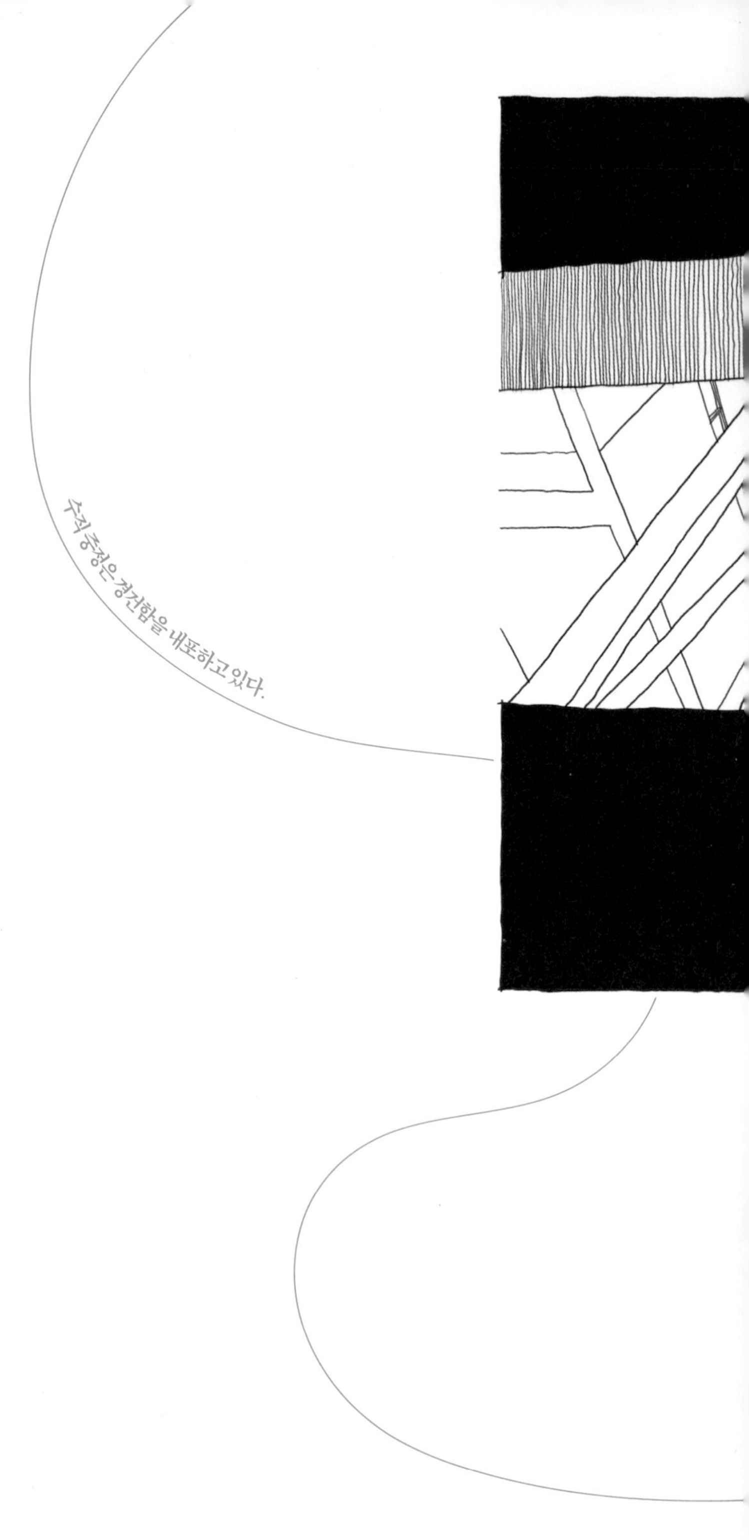
수직 중정은 경건함을 내포하고 있다.

아련함 속에 떠오르는, 절두산성당

일상에 지쳐서 스스로를 돌아보고 싶던 순간, 절두산성당을 만났다.
그전까지는 건축이 마음을 어루만질 수 있다는 것을 몰랐다.
감동보다 마음속 아련함이 먼저 다가왔다. 그때부터인 것 같다.
절두산성당은 혼란스러운 마음을
진정시키고 싶을 때면 찾는 공간이 되었다.
지금도 한강 변을 따라가다 가파른 바위 절벽 위로 솟아오른
둥근 지붕을 바라보면 잠시 머물고 싶어진다.
절두산성당은 시간을 잊게 만드는 공간이다.

한국 천주교의 역사가 깃든 공간

서울 합정동의 한강 변을 따라가다 보면 성당 하나가 눈에 들어온다. 이는 절두산성당으로, 천주교인들의 순교를 기념하기 위해 세워졌다. 성당의 둥근 지붕이 가파른 바위 절벽과 어우러져 아름다운 풍경을 자아내지만, 그 이면에는 가슴 아픈 역사가 배어있다. 성당이 자리한 절두산은 강변북로와 서울지하철 2호선이 교차하는 마포구 합정동 강변 부근에 자리 잡고 있다. 조선 시대에 배를 타고 한강을 건너던 양화나루터였다. 양화나루에는 지형이 누에를 닮은 봉우리라고 하여 '잠두봉(蠶頭峰)'이라고 이름 지어진 높이 20m의 언덕이 있었다. 흥선대원군의 박해로 1866년 병인양요 때 이곳에서 8,000여 명의 천주교인들이 순교했다. 그 이후 수많은 천주교인의 머리가 잘린 장소라는 뜻에서 '절두산(切頭山)'이라는 이름으로 불리기 시작했다. 이런 역사적 사실로 인해 절두산은 한국 천주교 역사에서 가장 중요한 성지 중 하나가 되었다. 1966년 순교 100주년을 기념하기 위해 순례 기념관과 순례

한강 변에서 올려다보는 절두산성당과 바위 절벽이 잘 어우러져 있다.

성당을 위한 현상 설계를 공모했다. 설계안의 중요한 조건 중의 하나는 '산의 모양을 변형시키지 않는 것'이었다. 이희태 건축가의 설계안이 채택됐다. 1960년대 설계할 당시 대지는 지금 상황과 매우 달랐다. 현재와 같은 거대한 콘크리트 제방도 없었고, 주위에 몇몇 농가를 제외하고는 제대로 된 건물도 없었다. 성당 정면과 후면을 가로지르는 강변도로도, 연기를 내뿜는 당인리 발전소도, 합정동의 밀집한 주택가도, 지하철 2호선 교량도 없었다. 논밭을 배경 삼아 바위산만 우뚝 솟아오른 모습이었다. 처음 성당이 세워질 때는 지금처럼 성당 앞에 펼쳐진 정원도 없었다. 이것은 한강 매립 공사가 끝난 후에 조성되었다.

쌍주 양식의 기둥들이 리듬감과 형태미를 자아내고 있다.

종탑은 순례 기념관과 순례 성당을 연결해준다.

계단을 따라 올라가면 넓은 외부 공간과 그레 성당 전면에 있는 두 개의 기둥을 만난다.

절벽 끝에 있는 순례 성당은 사다리꼴 평면에 원형의 지붕을 얹은 100여 석 규모의 아담한 건물이다. 이희태 건축가는 순례 성당의 원형 지붕은 '갓'을, 높이 솟은 종탑은 참수에 쓰인 '칼'을 의미한다고 설명했다. 순례 성당 우측으로 길게 놓인 부분은 순례 기념관이다. 순례 기념관의 넓은 지붕은 초가지붕 모양을 하고 있으며, 이를 떠받치는 쌍주 양식의 기둥은 발코니에 열을 지어 있어 리듬감과 형태미가 뛰어나다. 절두산성당은 이희태 건축가의 대표작으로, 한국적 요소가 콘크리트를 통해 현대에 맞게 구현되어 건축적 가치를 자랑한다.

절두산성당으로 향하는 길

절두산성당으로 가는 방법은 두 가지가 있다. 첫 번째는 순례 기념관 우측면을 따라가며 직선으로 놓인 계단을 걸어 올라가는 것이다. 두 번째는 계단이 시작되는 지점에서 서쪽으로 돌아서 램프로 접근하는 길이다. 램프는 이곳을 잘 아는 신자들이 자주 이용하는 접근로로 계단과는 달리 지형을 따라 자연스럽게 형성되었다. 이곳을 처음 방문하는 사람들은 발견하기 어렵다. 계단의 아랫부분에서 성당을 향해 서서히 올라가다 보면 성당 전면에 있는 두 개의

초가지붕 모양의 넓은 지붕 형상이다.

기둥이 보인다. 계단을 모두 올라가면 커다란 외부 공간을 만나고, 사람들의 시선은 순교기념관의 열주들과 함께 곧바로 성당의 전면을 향하게 된다.

순례 기념관과 순례 성당의 서로 다른 형태의 건물을 하나로 통합하는 것은 종탑이다. 두 건물의 각 층 사이를 연결하는 연속된 공간은 존재하지 않고, 종탑 부분에 있는 계단으로만 수직 동선이 연결되어 있다. 성당의 평면은 사다리꼴 모양으로 입구 쪽에서 제대를 향해 좁아진다. 이런 변화는 대지의 특징과 내부 공간의 형태를 반영한 결과이다. 제대 부분 위쪽으로는 둥근 지붕을 올렸다. 사실 원형의 지붕처럼 보이지만, 약간 길쭉한 타원형이다. 그 위에 다시 작은 둥근 매스를 올려 천창을 구성하여 조형성을 강조했다. 절두산 성당은 화려하지 않지만 담백하고 순수한 형상으로 절벽 위에 놓여있다.

절두산성당은 언덕 아래 한강 변에서 올려다보는 모습과 가파른 바위 절벽이 하나로 어우러져 아름다운 풍경을 자아낸다. 그러나 절두산이라는 이름처럼 수많은 천주교인의 순교가 서려 있는 가슴 아픈 역사의 현장이라는 사실을 떠올리면 마음이 아려온다. 언덕 위를 바라볼 때마다 시간을 잊게 하고 마음을 어루만져 주는 느낌이 든다. 공간은 아무 말도 하지 않는다. 다만 온몸의 감각을 통해 느낄 뿐이다. 절두산성당의 침묵은 '전율'이라는 단어로밖에 표현할 수 없다.

쌍기둥이 캔틸레버된 슬래브와 보를 받치고 있다.

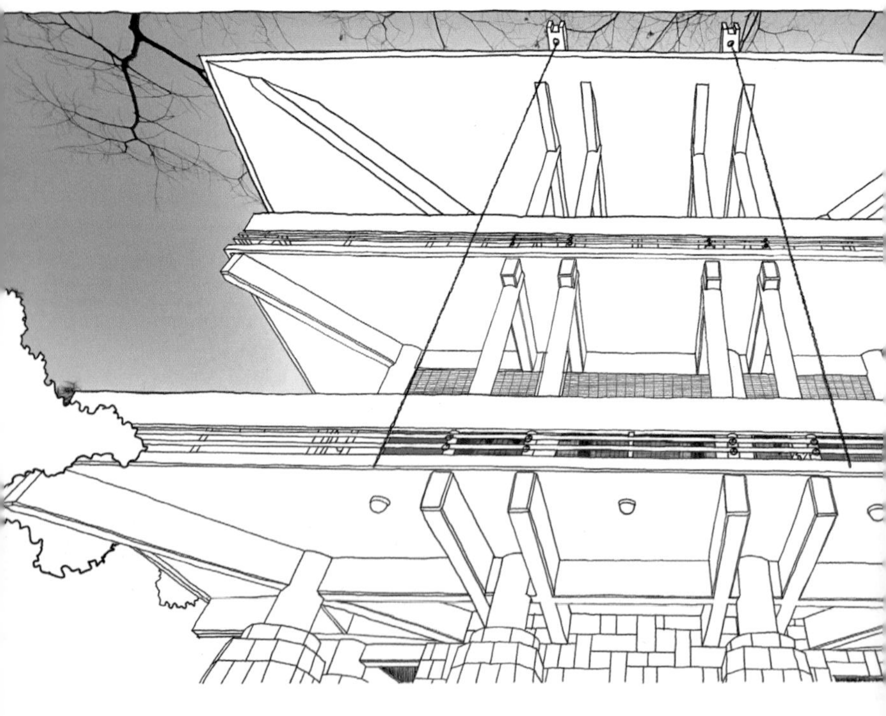

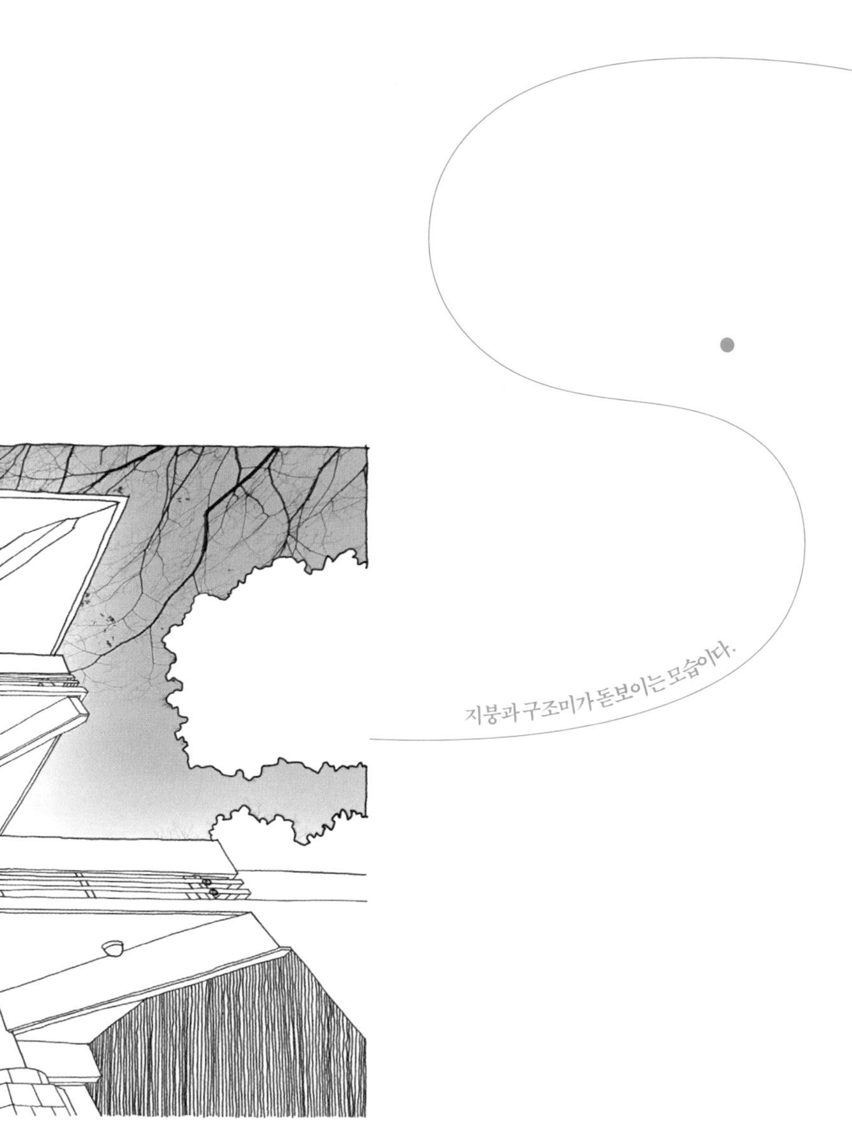

지붕과 구조미가 돋보이는 모습이다.

일상 속 낯섦으로 다가오는, 태양의집(현 썬프라자)

●

김중업 건축가(1922~1988년)는 현대 건축의 거장인
르 코르뷔지에의 아틀리에에서 3년간 수학했다.
모더니즘과 한국의 전통성을 결합한 작품을 선보인 한국 현대건축의 1세대다.
서울 영등포구 신길로 대로변 모퉁이에
사람들에게 잘 알려지지 않은 그의 건축물이 있다.
어쩌면 그의 작품 중 유일한 상업시설일지도 모를
'태양의집(현 썬프라자)'이다.
아직도 주변의 변화 속에서 조용히 자신의 개성을 뽐내고 있다.

낯선 상업 시설

썬프라자는 지하 1층, 지상 3층 규모의 상업 시설이다. 현재 지하 1층부터 2층까지는 마트, 3층은 예식장으로 사용 중이다. 1979년에 설계하고 1982년에 준공한 썬프라자는 원래 백화점 용도로 지어졌다. 하지만 이 건물은 백화점이라는 일반적인 상업 시설의 형식에서 벗어나 있다. 건축물을 지을 당시에는 주변에 공장 지대와 저층의 단독 주택들이 있었다. 처음부터 중산층이 이곳을 이용할 것이라는 가정하에 편안한 시장의 형태를 새로운 상업 시설의 모습으로 바꾸고자 했다. 썬프라자가 들어선 부지는 신도림 시장이 있었던 곳으로 1960년대에 김중업 건축가가 증축과 보수를 맡았다.

썬프라자는 각각의 면마다 다채로운 분위기를 낸다.

건물의 전체적인 재료는 붉은 벽돌이다. 유기적인 느낌을 거친 표면의 벽돌로 표현했다.

경사로는 도시 가로의 연장이며 버섯 모양의 기둥이 조형성을 강조한다.

썬프라자는 주위의 낙후된 건물들이 철거될 것으로 생각하고 설계한 듯 보인다. 주변의 맥락과는 다르게 조형적인 곡면과 원형 모티브, 경사로 등 다양한 건축 언어가 종합적으로 표현되어 있다. 김중업 건축가는 유기적인 느낌을 거친 표면의 붉은 벽돌을 이용해 구현하고자 했다. 원은 기존 상업용 건물의 모듈화, 획일화된 사각형의 틀에서 벗어나 다양한 내부 공간을 체험하게 하고자 사용된 모티브로 보인다. 입면에서 사용된 연속된 원형창과 최상부의 잘린 반원은 태양을 상징하는 듯하다. 백화점 등의 상업 시설에서 수직으로 이동하는 동선은 내부의 엘리베이터나 에스컬레이터를 이용하는 것이 일반적이다. 하지만, 이 건물은 외부 전면의 '경사로'가 상징적, 조형적으로 수직 동선을 표현한다.

입면의 연속된 원형창과 최상부의 절개된 반원 등은 태양을 연상하게 한다.

도시와 건물 그리고 만남

썬프라자는 건축물이 놓인 대지의 형상을 따라서 둔각 삼각형 형태를 띠고 있다. 건물의 4면이 보도를 포함하여 전부 도로와 접하고 있으며, 제각각 다른 분위기로 설계되었다. 이는 건축물과 도시의 관계를 적극적으로 반영하고자 한 것이다. 북쪽 삼각형 모서리의 원형 처리는 북쪽 면만 인접 건물이 있어서 건물의 조형성을 유지하는 한편 사람들의 편안한 접근성을 고려한 것으로 보인다. 남쪽 면은 평편하게 처리되어 있지만, 창, 문, 장식을 정교하게 설계하여 전체적으로 동일한 건축 어휘를 따르면서도 전혀 다른 이미지를 풍기도록 했다. 내부 공간과 연계성을 고려해보면 공간보다 형태를 우선한 느낌이다. 외벽에 다양한 건축 어휘들을 구사하기 위해 기둥이 벽 뒤쪽으로 물러나 있다.

건물 전면의 거대한 경사로 역시 공간적인 의도보다 시각적으로 강렬한 조형적 형태성이 먼저 다가온다. 하지만, 도로에서 접근하면 마치 길의 연장선처럼 느껴진다. 경사로의 주목적은 각 층을 자연스럽게 연결하는 데 있지만,

결혼식이 있는 날이면 경사로는 대화의 장으로 변한다.

이용하는 사람이 많지 않다. 사실 김중업 건축가는 경사로와 연계하여 옥상을 주민들을 위한 정원으로 계획했다. 쓸모없는 공간이 되기 쉬운 옥상을 정원으로 설계하고 경사로를 사용하여 도시 환경과 긴밀하게 연결하려 했다. 옥상에는 정원뿐 아니라 각종 놀이 시설과 휴게 시설을 설치해 주민들에게 자연스러운 만남의 공간을 제공하려 했다. 하지만 실제로는 관리 소홀 등의 이유로 옥상 정원을 오래전부터 사용하지 못해 아쉽다. 지금은 3층의 예식장 때문에 결혼식이 있는 날이면 경사로에서 대화하는 사람들을 볼 수 있다. 경사로는 이 건물을 이용하는 사람들에게 우연한 만남과 소통을 제공하는 공공 공간이다. 전면에는 경사로 외에도 원형창, 반원창, 버섯 모양의 기둥이 표현되어 있다. 후면은 주로 곡면의 벽으로 되어 있다.

현재는 영등포구 지역 역시 변화를 겪고 있다. 공장이 이전하고 아파트, 주상복합, 업무 시설들이 들어서기 시작했다. 과거의 모습을 그대로 간직한 썬프라자가 급변하는 주변 환경 속에서 어떻게 변화할지 궁금해진다. 사라지지 않도록 잘 가꾸고 보전되면 좋겠다.

남쪽면은 창, 문, 장식들이 아주 정교하게 설계되어 있다.

건물 전면의 거대한 경사로는 기능적인 모습보다 상징적인 의미로 다가온다.

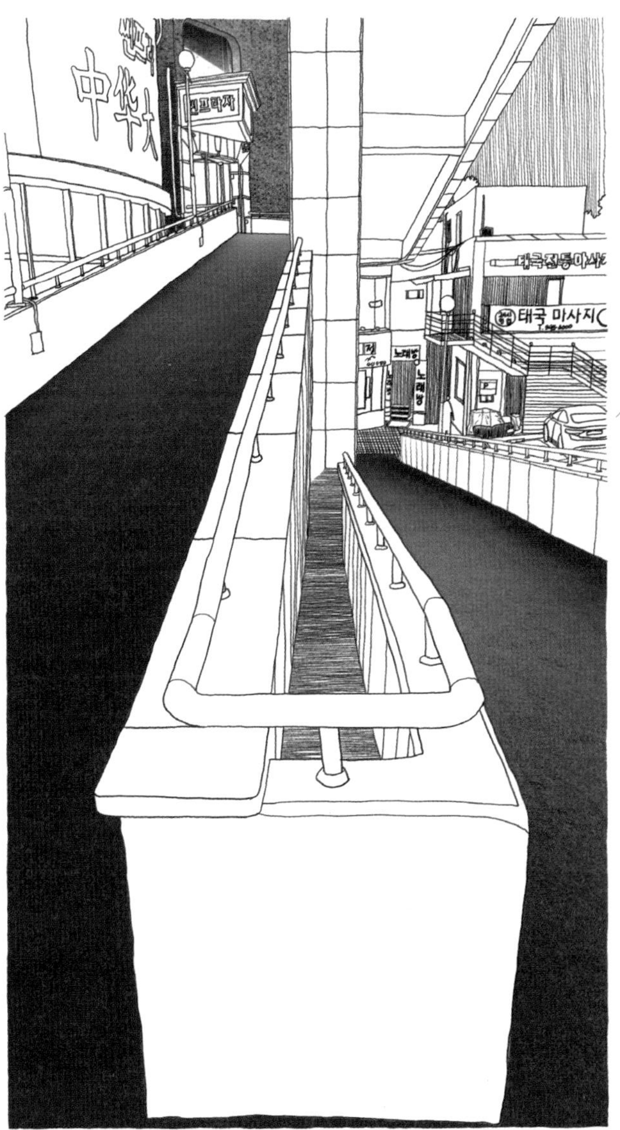

지역

- 수공예적 아름다움의, 12주(柱)
- 풍경의 결을 품은, 동대문디자인플라자
- 일상의 거리에서 호기심을 자극하는, 부띠크모나코

수공예적 아름다움의, 12주(柱)

●

서촌에서도 신교동은 가장 알려지지 않은 지역이다.
조용한 골목에는 비슷비슷한 4~5층 박스형 빌라들이 빼곡하게 들어서 있다.
재개발 때문에 골목 형태의 길만 남겨 놓고
나머지 필지에 최대한 많은 수의 빌라를 지었다.
빽빽한 주택가 속에서 유난히 눈에 띄는 모양의 건물이 있다.
스페인 건축가인 안토니오 가우디가 떠오를 정도로
하나의 조각품을 연상케 한다.
고(故) 차운기 건축가(1955년~2001년)의 유작으로
제자인 원희연 건축가와 함께 설계한 12주(柱)라는 건물이다.

건축물에 배인 장인 정신

골목은 향수를 불러일으키기 충분하다. 좁고 구불구불한 골목에서 동네 아이들과 어울려 숨바꼭질하던 추억이 떠오른다. 요즘 골목에 관한 이야기가 많이 나온다. 책, 잡지, TV 등 다양한 매체를 통하여 골목이 재조명되고 있다. 서촌도 예외는 아니다. 골목에는 그 동네에서 살아온 사람들의 사연과 아픔이 녹아 있다. 골목길을 이리저리 걷다 보면 이제는 다 사라졌을 거라 생각했던 추억과 순수함이 남아있음에 놀란다. 너무나 평범한 골목길 사이에 12주(柱) 건물이 있다.

평범한 빌라들 사이에서 '12주(柱)' 건물은 강한 개성을 드러낸다.

1층 주차장 주출입구에 녹슨 철판을 갑옷처럼 겹쳐서 굴곡을 표현했다.

창호 부분의 처마는 마치 박쥐의 날개 같은 모습이다.

'12주(柱)'라는 이름이 붙은 이유는 바로 1층에 놓여있는 돌들 때문이다. 원래 있던 한옥을 허물 때 나온 주춧돌 12개를 가져다 놓고 건물을 지었다. 그래서 '12주 건물'이라고 부르게 되었다. 이 건물은 독특한 이름과 함께 개성 강한 형태로 평범한 빌라들 사이에 서 있다. 부채꼴 모양의 대지에 건축물을 설계하기에는 주변 여건이 협소한데도 입면을 곡선과 함께 중첩된 방식으로 처리하여 자연스럽게 소화했다. 규격화되지 않은 창호와 철근, 철판 등 차운기 건축가가 즐겨 쓰던 낡고 오래된 재료들, 조형과 입면 구성 등에서 과감함이 나타난다.

12주(柱)는 상업성을 고려하여 지은 일반 집들과는 차별된다. 쓰다 남은 각종 자재를 활용하고, 설계자가 손수 시공까지 참여하여 구석구석 '장인 정신'으로 건물을 세웠다. 콘크리트, 목재, 철골 등 일반적인 건축재료부터 양철판, 흙, 돌, 전등에 이르기까지 사용한 재료가 매우 다양하다. 건축에 등장하는 갖가지 재료들을 보면서, 거창하게 '재료의 본성'이라든가, 혹은 일반인들은 이해 못 하는 건축가들의 용어를 사용할 필요는 없다. 그는 그런 표현에 관심이 없었다. 길거리에 굴러다니는 돌멩이 하나부터 자신의 아이디어를 실현할 수 있는 것이라면 어떠한 재료라도 장인 정신으로 실험하는 사람이었다.

차운기 건축가의 대부분 건물에는 도면이 없다. 평면도 한 장으로 건축을 시작한 경우가 많았다. 그에게 도면은 '도면 그대로 만든다'는 것이 아니라 '그런 분위기로 건축을 한다'는 정도의 의미였다. 모든 결정은 현장에서 이루어졌으며 도면보다는 그때그때 필요한 스케치를 통하여 건설 현장의 문제들을 해결했다.

노출 콘크리트에 아크릴봉이 박혀 있어 하나의 오브제적인 역할을 한다.

있는 그대로의 재료들

건물에 가까이 다가가 입면을 자세히 들여다보면 노출 콘크리트와 함께 표면에 박힌 아크릴봉이 보인다. 노출 콘크리트는 목재 거푸집을 사용하여 일부러 거친 나무의 느낌 그대로를 표현했다. 이 거푸집도 쓰다 남은 것을 구해서 작업했다. 노출 콘크리트 표면에 박힌 아크릴봉은 콘크리트를 타설할 때 일일이 수작업으로 심어 낮에는 외부에서 들어오는 빛을, 밤에는 내부에서 흘러나오는 조명 역할을 하는 요소로 사용했다. 12주(柱)는 건물의 모든 창 모양에 규칙이 없으며, 창호 처마는 마치 박쥐의 날개 같은 형상으로 제작됐다. 창호 처마에 사용된 철근과 녹슨 철판들은 필요한 곳에 모양이 어울리는 부분을 잘라다 붙인 것이지 일부러 모양을 낸 것이 아니다. 처마에 활용된 녹슨 철판은 굴곡으로 표현된 건물과 주차장 주출입구 상단 부분에도 활용됐다.

12주에는 다양한 건축재료가 사용되었다.

내부 또한 창호를 비롯하여 바닥, 문, 칸막이, 천장 등은 대부분 원목을 손으로 직접 깎고, 다듬어서 제작했다. 마룻바닥을 제외하고는 실내의 모든 것이 수작업이다. 천장 부분은 서까래를 만들어 놓아 한옥의 느낌을 준다. 건축가가 스스로 어울리는 것을 찾고, 해야겠다고 마음먹은 것을 해낸 결과이다. 그는 '12주(柱)' 건물을 작업하는 중에 암으로 세상을 떠났다. 그의 제자인 원희연 건축가가 작업을 완성했다. 열정적인 한 건축가의 상상은 지루하고 답답할 수 있는 신교동 주택가에 생명력을 불어넣었다. 이제 더 이상 차운기 건축가의 작품을 볼 수 없다는 사실이 안타깝다.

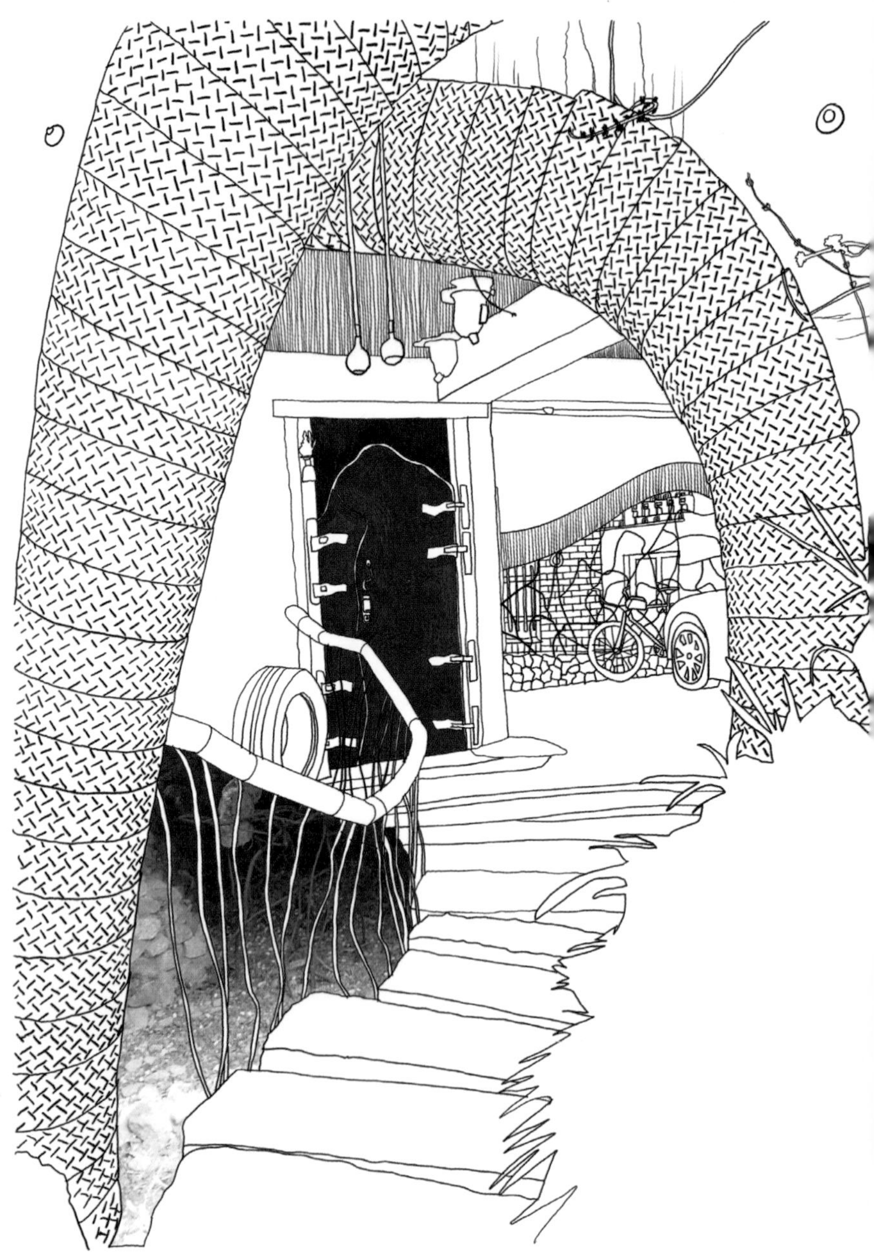

1층의 출입구로 걸어가다 보면 다른 세상으로 빨려 들어가는 느낌을 준다.

풍경의 결을 품은,

동대문디자인플라자

●

풍경을 본다는 것은 결을 읽는 것이다. 삶에도 결이 있다.
시간 속에 짜인 결이 풍경처럼 눈앞을 스쳐 지나간다.
수직과 수평으로 가득한 도시에 유려한 곡선의 풍경이 놓여있다.
사람들은 흘러가듯이 그 안으로 들어간다.
직각과 중력을 거부하는 결로 이루어진
동대문디자인플라자(Dongdaemun Design Park) DDP이다.

동대문디자인플라자의 이름으로

동대문운동장 터는 원래 조선 시대에 축조된 한양도성이 이어지던 장소이다. 군사 훈련과 치안을 관장하던 관청인 하도감과 훈련원이 있던 곳이다. 임오군란의 최초 발생지이기도 하다. 1925년 일본은 동대문운동장 부지의 성곽을 허물고 일본 왕세자의 결혼식을 기념하기 위해 경성운동장을 건설했다. 1948년 경성운동장은 서울운동장으로 이름이 바뀌었고 광장의 역할을 하기도 했다. 1984년 잠실종합운동장이 건립되면서 동대문운동장으로 이름을 바꾸었다. 이후 노후되어 2003년 3월부터 폐쇄되었고 임시 주차장 및 풍물시장으로 사용되었다. 2007년 동대문운동장은 지명 현상 설계를 하게 된다. 승효상, 유걸, 최문규, 조성룡 등 4명의 국내 건축가와 자하 하디드, 스티븐 홀, F.O.A, MVRDV 등 해외건축가 4팀이 지명되었다. 이라크 출신의 영국 여성 건축가인 자하 하디드의 '환유의 풍경'이 당선되었다. 2008년 운동장을 들어낸 뒤 지하에 묻혀 있던 많은 유구와 유물이 나오면서 공사가 중단됐다. 1년여간 동대문디자인플라자는 공사를 멈추고 발굴을 통해 문화재 이전 복원을 결정했다. 동대문

지붕으로 보이는 건물 매스가 물이 흘러내릴 듯이 휘어져 있다.

동대문디자인플라자의 유려한 곡선이 끊어지지 않고 이어져 있다.

동대문디자인플라자의 내부 공간은 끊임없이 흐른다.

디자인플라자는 2009년 건축 공사를 시작해 2013년 완공되었고, 지하 3층, 지상 4층 규모로 2014년에 개관했다. 동대문디자인플라자는 크게 알림터, 배움터, 살림터의 3개 동과 디자인 장터, 어울림 광장을 포함하여 5개의 시설로 이루어져 있다. 동측에 위치한 동대문역사문화공원은 도심의 녹지축을 연결하는 동시에 한양 도성 등 서울의 역사 문화 유산을 만날 수 있는 문화 공간의 역할을 한다.

낯선 풍경 속의 나

동대문디자인플라자의 낯선 풍경은 시시각각 다채롭고 다이내믹한 공간의 흐름을 연출한다. 비정형 곡선과 곡면들로 새로운 풍경을 만들고 있다. 때로는 공간의 깊이를 조절하고, 때로는 보행자의 보폭을 조절하는 공간의 관류를 통해 쉽게 잊히지 않는 공간적 경험을 하게 한다. 동대문디자인플라자 내부는 단 하나의 수직 벽도 없다. 유려한 곡선의 결은 내외부에 기둥이 하나도 존재하지 않아 더욱 부각된다. 기둥이 없는 이유는 캔틸레버 방식을 활용했기 때문이다. 주로 다리 같은 큰 구조물을 건축할 때 사용하는 기법이다. 한쪽은 고정되어 있고, 다른 쪽은 받침 없이 자유로운 구조이다.

동대문디자인플라자는 직선을 찾아볼 수 없다.

넓은 대공간에서도 기둥이 존재하지 않는다.

곡선을 부각하는 역할은 비정형 외장 패널이 한다. 동대문디자인플라자 외관의 대부분을 차지하고 있는 외장 패널은 45,133장의 알루미늄 패널로 구성되었다. 한 장도 동일한 형태가 없는 패널은 규격, 곡률, 크기가 모두 달라 선박, 항공기, 자동차 등 모든 금속 성형 분야의 기술들을 종합하여 2차 곡면 성형 및 절단 장비를 제작하여 해결했다. 이와 함께 내외부의 다양한 모양의 비정형 노출 콘크리트는 동대문디자인플라자의 독특한 분위기를 자아낸다. 매끈한 비정형 노출 콘크리트를 구현하기 위해서 외장 패널 성형 장비를 이용하여 스테인레스 스틸과 알루미늄을 함께 사용해 비정형 내부 기둥 거푸집을 제작했다. 새로운 기술의 도입으로 동대문디자인플라자는 외부도 내부도 벽 하나 없는 건축물이 탄생한 것이다.

지하철에서 접근하면 제일 먼저 넓은 지하 공간을 맞이한다. 지붕으로 보이는 건물 매스는 금방이라도 흘러내릴 듯이 휘어져 있다. 걸을 때마다 동대문디자인플라자의 풍경이 달라진다. 내부를 걷다 보면 길을 잃어버리기도 한다. 내부와 외부의 경계, 바닥과 지붕의 경계를 허물어 어디에도 없는 경관을 만들어 낸다. 그래서 동대문디자인플라자에서는 수많은 움직이는 풍경들과 마주한다. 그 안에서 아무런 생각 없이 정지한 채 그저 바라보기만 하면 된다. 나와는 전혀 상관없는 사람들의 흐름을, 일상과 전혀 가깝지 않은 타인의 일상을 별로 신기할 것 없이 바라보는 것이다.

수많은 움직이는 사람들과 동대문디자인플라자의 곡선이 주변 풍경들과 마주한다.

동대문디자인플라자는 도시에서 조금은 낯선 풍경으로 다가온다.

사람들의 동선이 동대문디자인플라자를 따라 자연스럽게 모이고 흩어진다.

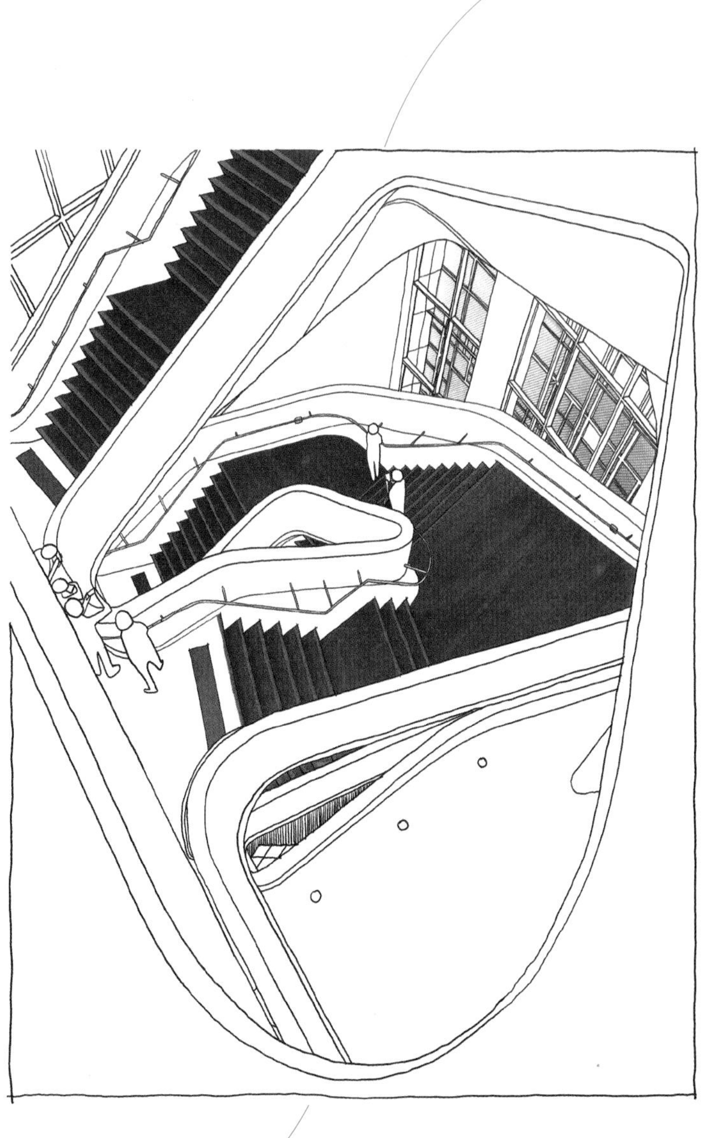

일상의 거리에서 호기심을 자극하는, 부띠크모나코

●

우리는 특별한 것 없는 도시 사이를 움직이고 경험한다.
평범하고 새롭지 못한 수많은 건물에 둘러싸여 있는 일상은
지루함을 배가시킨다. 도시의 거리를 특별하게 만드는 것 중 하나는
호기심을 자극하는 독특한 건축물이다.
부띠크모나코는 도시의 일상에 생기를 불어넣는다.

용적률 게임

용적률 게임은 2016년 베니스건축비엔날레 한국관의 주제이다. 부띠크모나코의 디자인은 건축물의 용적률(대지 면적에 대한 건물 총 연면적의 비율)을 맞추기 위해 건물 외벽에 구멍을 내듯 디자인했다. 마치 어린아이가 레고 블록을 마음대로 쌓아 올린 것처럼 각 층의 모양이 들어가기도 하고 나오기도 한다. 부띠크모나코(Boutique Monaco)는 조민석 건축가가 설계한 주상 복합 건물이다. 저층부에는 상업, 문화, 커뮤니티 공간이 들어서 있고, 상층부인 5층부터 27층까지는 오피스텔이다. 건물 중앙과 외벽 군데군데 있는 직육면체의 보이드 공간이 독특하면서도 수직적인 여유로움과 균형감을 유지해준다. 기하학적이고 감각적인 건축물은 어느 순간 지역의 상징이 되었고, 도시 공간을 연출하는 오브제 역할을 하기 시작했다.

1~4층의 저층부 외벽은 노출 콘크리트를 사용했다.

1층 중앙 부분이 오픈되어 있어 편안한 접근성과 열린 공간감을 준다.

지하에는 부띠크모나코 미술관이 있다.

지난 몇 년간 서울시는 디자인을 통한 도시 경쟁력 제고에 노력을 기울였다. 그 결과, 세계적인 지명도를 가진 건축가 및 디자이너가 참여한 건축물이 인기를 끌고 분양 시장에서도 뛰어난 실적을 거두고 있다. 공동 주택도 획일적으로 만든 기성품이 아니라 세대마다 개성을 살려 디자인하는 맞춤형 상품으로 바뀌는 추세다. 부띠크모나코는 답답해 보이는 박스 형태의 입면을 벗어나 오피스 건축물의 새로운 가능성을 보여 주었다. 용적률 게임의 최대 수혜자로서 도시에 생기를 불어넣었다. 건물을 구성하는 단위 세대들을 주어진 부지의 최대 허용 건폐율(대지 면적에 대한 건물 바닥 면적의 비율)과 최적의 채광 조건을 살려 'ㄷ'자 형태로 배치했다. 27층 건물은 연속된 행렬 형태의 유닛으로 이뤄져 있고, 법정 허용 최고 높이인 100m를 충족한다. 이렇게 최대 허용 건폐율 40% 적용된 평면을 단순히 수직적으로 반복해서 쌓아 올릴 경우 10%의 초과 연면적이 발생한다. 이를 해결하기 위한 것이 건물 여기저기를 골고루 비우는 방법이었다. 디자인을 통해 최고 높이와 최대 허용 용적률을 만족시킨 것이다.

건물 중간중간을 비워 호기심을 자극한다.

건물이 'ㄷ'자 형태로 되어 있어 가운데 부분이 중정처럼 비어 있다.

거대한 캔버스와 같은 입면

부띠크모나코 내부에는 총 49개 유형의 172개 단위 세대가 존재한다. 모두 다양한 공간적 조건을 반영하면서도 각각의 특성을 유지하는 형태로 수직, 수평으로 다양하게 조합되었다. 각 세대는 마그리트하우스, 마티스하우스, 샤갈하우스, 피카소하우스, 미로하우스 등 유명한 예술가의 이름을 붙인 공간으로 디자인했다. 도시적 측면에서는 가로에서 사람들이 자연스럽고 부담 없이 접근할 수 있도록 저층 부분을 열린 공간으로 설계했다. 상업 공간 등으로 이용하는 1층~4층의 저층부 외벽은 노출 콘크리트를 적용했다. 화이트 콘크리트 노출은 건물을 출입하는 사람들에게 편안함과 열린 공간감을 준다. 오피스텔 용도인 지상 5층~27층은 유리로 마감해 외부 조망을 가능하게 하면서 동시에 용도가 다른 저층부와 경계선 역할을 한다.

유리로 마감된 부띠크모나코 외벽은 전체가 하나의 캔버스다. 계절과 일기에 따라 주변의 풍광과 하늘의 모습 등을 다양하게 보여 준다. 맑은 날에는 흰 구름과 푸른 하늘을, 해 질 무렵에는 붉은 노을로 채색된다. 유리 건물의 단점인 태양열 유입을 차단해 편안하게 외부를 바라볼 수 있고 아늑한 실내 공간을 연출한다. 야외 정원과 무대가 공존하는 옥상 정원은 소규모 공연이나 쇼 등을 펼칠 수 있는 다용도 기능을 포함한다. 부띠크모나코는 원스톱 서비스가 가능한 공동 주택의 장점과 자신만의 개성 있는 공간을 확보하고 싶은 소비자의 트렌드를 반영한 새로운 형식의 주거 공간이다. 아파트라는 획일적인 주거 공간을 벗어나 다양한 형식의 실험적인 주거 건축이 도시에 생성되기를 기대한다.

부띠끄모나코는 평범한 도시 환경 속에서 마주치는 색다른 오브제와 같다.

멀고도 가까운 곳, 강남대로

서로의 감촉을 느낄 수 있는, 피맛길

더운 여름의 청량함, 한옥지원센터

멀고도 가까운 곳, 강남대로

●

어느 날, 사람들의 숨결이 느껴지는 장소를 가고 싶었다.
가끔은 누군가에게 발을 살짝 밟혀도 좋다.
미소와 함께 미안하다는 말 한마디면 충분하다.
누가 지나가는지 모르고 관심도 없지만,
나도 모르는 장소에서 그 누군가를 다시 만날 수도 있다.
강남이란 그런 곳인지도 모른다.
때로는 가깝고 때로는 한없이 먼 곳 말이다.

강남대로의 양면

강남대로는 동전의 양면 같다. 배려라는 이름으로 조성된 것들이 또 다른 불편함을 초래하기 때문이다. 강남대로의 배려는 보도 중앙에 두 줄로 놓여 있는 사람 키 높이의 화분에서 시작한다. 왜 강남대로를 중심으로 통일성 없이 서쪽에는 화분만 놓여있고, 동쪽에는 원형 의자와 돌 화분이 함께 놓였는지, 왜 미디어폴이 동쪽에만 설치되어 있는지 궁금할 때가 많았다.
강남대로는 서초구와 강남구를 구분하는 경계이다. 같은 듯 다른 모습으로 강남대로를 바라보고 있다. 하지만, 행정 구역이 다르니 분위기가 다를 수밖에 없다. 사람들은 거리를 살펴볼 시간도 없는 듯 바쁘게 다닐 뿐이다. 서초구에 속하는 서쪽은 사람 키 높이의 화분과 의자로 보도의 중앙을 장식했다. 강남구는 미디어폴과 함께 원형 의자와 돌 화분이 촘촘히 들어서 있다. 강남대로에 노점상들이 자취를 감춘 이유이다. 구청 관계자의 말대로 불법 노점상 근절로 보도가 깨끗해지고 미관은 좋아졌을지 모르지만, 미감은 느낄 수

강남대로는 서초구와 강남구를 구분하는 경계이다.

가 없다. 오히려 많은 사람이 통행하는 데 불편을 주는 것이 역력하다. 동쪽의 미디어폴은 760m 길이의 강남대로에 35m 간격으로 22개가 설치되어 있다. 2009년 강남구가 높이 11m의 직육면체 기둥 양쪽 면에 설치된 화면을 통해 뉴스, 날씨, 지도, 교통정보 등을 제공한다는 취지로 만들었다. 돌 화분이 노점상 자리를 꿰찬 것은 2012년부터다. 길거리 음식 대신 돌 화분이, 가로등 불빛 대신 미디어폴이 사람들의 추억을 대신하고 있다.

강남대로 동측은 미디어폴과 함께 원형 의자와 돌 화분이 놓여있다.

보도의 중앙에 키 높이의 화분과 의자를 놓아둔 강남대로 서측의 공간이다.

강남대로의 이면

사람들은 강남대로 동측에서 자주 만남을 갖는다. 카페와 술집들이 옹기종기 모여 있기 때문이다. 시티극장 주변 지역은 약속 장소를 비롯해 음식점이 많아 늘 사람들이 붐빈다. 시티극장 뒤편의 가로는 기존의 고급 주택가와 카페들로 한적한 분위기가 흐른다. 저녁 무렵에는 오가는 사람이 적다. 반면에 강남대로 서측 간선도로는 은행 등 업무 중심의 건물들이 밀집해 있다. 주중 출퇴근 시간에 주로 다니는 사람은 회사원이고, 주말에는 만나서 이동하는 사람이 대부분이다. 서쪽의 이면도로는 밤늦은 시각까지 사람들이 붐비는 지역으로 카페, 호프집이 밀집해 있다. 직장인과 주로 모임을 위해 강남역을 찾아오는 사람이 많아 동쪽 분위기와는 사뭇 다른 모습이다. 하루 중 저녁 시간에 사람이 가장 많은 지역이지만, 낮에는 동쪽 가로보다 분위기가 활발하지 않다.

간판 모습도 각자의 개성이 담겨 있다. 강남대로 서쪽은 주로 규모가 큰 고급 식당들이 스트리트 퍼니처로 자동차를 타고 오는 손님을 끌어들인다. 동쪽의 간판은 건물 전면에 가격을 표시해 주로 학생들과 일을 마친 직장인의 발길을 잡는다. 이처럼 강남대로는 다양한 세대의 사람이 다양한 목적을 위해 찾아온다. 공부하는 학생에게도, 한껏 멋을 부리고 오는 젊은 세대에게도 어울리고, 연인에게도 아버지 세대인 직장인에게도 소외되지 않는다. 강남대로는 보이지 않는 경계로 나누어져 있지만, 우리에게 소통의 언어로 다가오는 듯하다.

강남대로 동측 이면도로는 4~5층의 건물들 사이로 카페와 술집, 식당 등이 모여 있다.

강남대로 서측 이면도로는 주로 식당과 호프집이 있다.

smartel
KOREA SIM
보드게임카페
511-
001

강남대로는 보이지 않는 경계로 나누어져 있다.

노정

서로의 감촉을 느낄 수 있는, 피맛길

●

피맛길은 두 사람이 겨우 걸어 다닐 수 있는 좁은 길이다.
빛이 약하고 어두워서 한두 사람만 중간에 끼어도
같이 온 사람과 떨어지기 쉽다.
가늘고 긴 피맛길에 들어설 때는 혼자 또는 두 사람이 가면 좋다.
종로의 많은 사람 사이에서 비켜나 조금은 살갑게 걷고 싶을 때,
사람 사는 냄새가 갑자기 그리울 때 좋은 길, 그곳이 피맛길이다.

서로의 팔이 맞닿은 이유

피맛길은 너비 2.5~3.8m의 가늘고 좁은 길이다. 처음 피맛길 너비는 약 6m 정도였는데, 육의전 장랑의 뒷물길로 조성되었다. 그러나 17세기 이후 차츰 물길이 메워지고 앞뒤 집들이 확장하면서 점점 좁아지기 시작해 현재의 피맛길이 되었다. 사실 피맛길은 '높은 사람들의 말을 피하다'는 뜻의 피마(避馬)에서 유래했고, 큰길 양쪽에 형성된 뒷골목 동네에 피맛골이라는 이름이

서피맛골은 종로 YMCA 건물에서 막혀 버린다.

생겼다. 당시 신분이 낮은 사람들은 종로를 지나다가 말을 탄 고관들을 만나면 행차가 끝날 때까지 엎드려 있어야 했다. 서민들은 이런 번거로움을 피하기 위해 한길 양쪽에 있는 좁은 골목길로 다니는 습관이 생겼는데, 피맛길은 이때 붙은 이름이다. 세월이 흘렀지만, 여전히 서민들의 골목으로 남아있다. 서민들이 이용하다 보니 피맛길 주위에는 선술집, 국밥집 등이 번성했다. 원래는 현재의 종로구 청진동 종로1가에서 6가까지 이어졌으나, 지금은 교보문고에서 시작되는 종로1가 일대의 서피맛골과 인사동부터 종묘까지의 동피맛골이 명맥을 유지하고 있다. 2009년 청진동 재개발로 600년간 서민의 애환이 서려 있던 피맛골이 추억 속으로 사라질 뻔했다. 그러나 서울의 전통 거리가 사라진다는 비판이 제기되자 기존 개발 지역을 제외하고 종로2가에서 종로6가에 걸친 피맛골을 수복 재개발 구역으로 지정해 예전 피맛골의 모습을 재현하기로 했다.

피맛길은 너비 2.5~3.8m의 가늘고 좁은 길이다.

개발이라는 이름으로 인위적으로 재현한 피맛길의 모습이다.

온기로 채워진 곳

피맛길의 허름한 술집들은 나름의 운치가 느껴져 참 편안하다. 들어가면 지나온 세월의 흔적을 간직한 천장과 벽면이 감싼다. 비좁은 실내는 피맛길의 좁은 폭처럼 사람들을 더욱 가깝게 밀착시켜준다. 빈대떡 부치는 광경을 보며, 더 나이 들어 왔을 때도 그런 모습이 남아 있으면 좋겠다는 생각이 든다. 빈대떡 냄새는 좁은 피맛길에 더욱 잘 퍼져 나간다. 깔끔하고 고급스럽다기보다 막걸리 같은 그곳만의 분위기가 사람들을 더욱 유쾌하게 만들어 준다. 사람들이 자연스럽게 피맛길에 녹아드는 이유는 그곳의 온기가 그대로 전해지기 때문이다. 온기로 채워진 장소는 마음을 따뜻하게 한다. 설렁탕집 아주머니의 활짝 반겨 주는 웃음과 좁은 길을 오가며 서로 살짝 비켜 주는 마음이다. 세월의 흔적보다 냄새의 흔적이 정겹고 넓은 도로보다 인간미가 느껴지는 피맛길은 온화한 감촉으로 가득하다.

시간이 축적된 옛 기억의 감촉은 찾아볼 수 없다.

탑골공원 쪽에서 종로타워 방향으로 있던 피맛길의 안쪽 블록이 개발을 위해 부서졌다.

안타까운 현실은 점점 그 온기가 사라지고 있다는 사실이다. 옹기종기 모여 있던 집들이 개발이라는 이름으로 사라지고 대형 건물들이 들어섰다. 피맛길을 인위적으로 재현했지만, 옛 기억의 감촉은 찾을 길이 없다. 냄새의 흔적 또한 어디에도 없다. 단절된 마음을 다시 잇기는 힘들 듯하다. 남아 있는 피맛길의 온기만이라도 오래도록 지속되기를 바라지만, 안타깝게도 서피맛골의 안쪽 블록이 개발 때문에 부서졌다.

피맛길은 건물과 건물 사이의 좁은 길 안으로 스며 들어간다는 표현이 더 잘 어울리는 공간이다. 그래서 특별한 이유가 없어도 정이 가는지 모르겠다. 어떤 이유로 좋아지는 사람이 있는가 하면 특별한 이유가 없음에도 좋아지는 사람이 있다. 이는 그 사람에게 내가 모르는 익숙함이 숨겨져 있기 때문이다. 피맛길을 걸을 때마다 그런 익숙한 감촉과 온기가 느껴졌는데, 그런 피맛골을 더는 볼 수 없을지도 모른다.

돈의동 피카디리 극장 옆 피맛길은 조금은 정돈되어 보인다.

피맛길에서 보이는 종로타워가 미래를 예견하는 듯 하다.

방

노정

더운 여름의 청량함, 한옥지원센터

●

6월의 어느 날, 사진을 찍으러 나왔지만 별다른 목적지가 없었다.
주위를 살피다 무작정 걷기 시작했다.
더위를 느낄 때쯤 주변에 있는 건물과 지붕 선율의 느낌이 좋아
사진기의 셔터를 눌렀다. 다시 걷기 위해 고개를 돌렸다.
골목을 굽이굽이 올라가다 보니 멀리 조그마한 마당이 보였다.
갑자기 가슴이 뛰면서 나도 모르게 발걸음이 빨라졌다.
그렇게 한옥지원센터에 도착했다.

무작정 걷다가 도착한 그곳

대부분 밖에 나가기 전에 '어디로 갈 것인가'를 정한다. 목적지에 도착한 후에는 발걸음이 닿는 대로 돌아다닌다. 방향과 목적이 사라지는 순간에는 가만히 서서 주위를 한 번 둘러본다. 그래도 어떻게 할지 갈피가 잡히지 않을 때는 다시 한번 주변 풍경을 둘러본다. 어디선가 유난히 나를 부르는 길이 있다. 한 걸음씩 그 길을 따라간다. 처음 가본 곳이라 길을 모른다 해도 괜찮다. 그 길이 나를 불렀으니 돌아가는 길 또한 알려줄 것이다.

한옥지원센터는 좁은 골목길 끝에 위치한다.

한옥지원센터는 한옥 밀집 지역인 북촌에 있다. 대지 면적 405m²에 건축 면적 142m² 규모로 지어진 한옥지원센터는 문간채, 안채, 별채 등으로 구성된다. 주민 쉼터 겸 갤러리로 활용하고 있는 입구 쪽 작은 한옥을 지나면 한옥지원센터로 사용하는 건물과 반송재 독서루가 나온다. 독서루는 동네 주민에게 기증받은 책으로 이루어진 아담한 마을 서재이다. 어린이 도서도 있어서 아이들과 책을 읽으며 우리 고유의 한옥 주거 문화를 경험할 수 있다. 한옥 갤러리에는 아기자기한 북촌 스케치 등과 같은 전시들이 계속되고 있다. 한옥 자료관에는 한옥 관련 사진, 서적, 기와 등이 전시되어 있다. 계동 135번지

한옥지원센터 마당은 소박하고 여유롭다.

한옥은 2001년 서울시가 북촌 가꾸기를 시작할 무렵 처음 매입한 한옥 일곱 채 가운데 하나다. 그동안은 민간에 임대해서 게스트 하우스로 활용하다가 2015년에 한옥지원센터와 주민 사랑방(독서루)으로 리모델링했다.

한옥지원센터는 한옥에서 거주하는 주민들이 한옥살이의 어려움을 이야기하면 바로 찾아가서 문제를 풀어주는 응급 출동 센터이면서 원스톱 서비스 센터이다. 한옥 관련 지식과 기술을 보유한 장인들과 서울시 공무원이 상주하면서 주민들과 편안하게 소통하며 한옥의 일상화에 기여하고 있다.

주민 쉼터 겸 갤러리로 활용되고 있는 작은 한옥이다.

가장 특별한 그늘

한옥지원센터는 자신을 드러내거나 남의 눈에 띄고자 하는 욕망이 배제된 공간이다. 순수하고 겸허하며 매우 간결하다. 이렇게 단순하고 소박한 공간에 숨어 있는 깊고 소탈한 멋은 그것이 지나치게 정제되지 않고, 인간적 규모를 벗어나지 않기에 가능하다. 어디에서나 쉽게 어우러질 수 있는 소탈함이다. 소박한 규모와 더불어 꼭 필요한 기능과 장식만을 갖춘 공간이다. 사실 한옥지원센터가 여유 있는 공간으로 보이는 것은 비어 있는 공간이 채운 공간보다 많기 때문이다.

하루의 끝자락에서 소소한 마당을 둘러본다. 그러다 문득 독서루 툇마루에 걸터앉아 잠시 숨을 고르자니 한옥의 그늘에서 맞이하는 바람이 시릴 만큼 시원하다. 유난히 사람들이 없어서 더욱 고요했다. 주민 사랑방을 자처하고 있지만, 아직 주변 사람들에게도 잘 알려지지 않은 듯했다. 많은 사람이 이곳을 찾아와 추억을 남기고 한옥의 한가로움을 마음속에 담아 가면 좋겠다. 한옥지원센터의 그늘에서 맞던 시린 바람이 언제고 또 그리워질 것 같다.

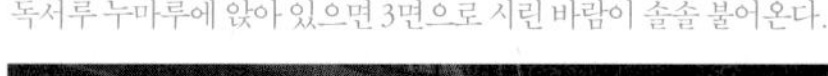
독서루 누마루에 앉아 있으면 3면으로 시린 바람이 솔솔 불어온다.

꼭 필요한 기능과 장식만을 갖춘 겸손한 공간이다.

독서루는 독서실 같은 아늑한 마음 서재이다.

한옥지원센터 입구에서 보이는 마당은 우리를 편안하게 인도한다.

나가는 글

우리는 매일 도시의 길을 걷는다. 눈을 뜨고 감을 때까지 건축이라는 틀 속에서 살고 있다. 하지만 도시와 건축을 있는 그대로 즐기지 못하는 이유는 무엇일까? 현실의 공간은 여전히 차갑고 답답하고 삭막하다. 일상을 보내는 공간을 특별하게 만들기보다, 퇴근 이후의 삶이나 주말, 휴일과 같은 일상의 틀에서 벗어난 공간을 더욱 특별하게 만드는 데 노력한다. 연애할 때를 떠올려 보면, 우리가 지나치는 모든 공간이 아름다워 보였다. 일상의 공간들이 아무 이유 없이 특별해졌기 때문이다. 만나서 커피를 마시고 밥을 먹고 걷는 도시 건축 공간 모두가 관심의 대상이 된다. 일상의 시간을 벗어나 사랑이라는 일상 이외의 시간이 특별해지는 순간이다. 일상의 틀에서 잠시 벗어난 공간에 더욱 심혈을 기울이는 이유일지도 모르겠다.

사람들은 하루를 너무 바쁘게 살아간다. 그 사이 자신의 주변에 있는 공간들의 의미와 가치 그리고 그 공간들이 주는 행복함을 잊어버린다. 그래서 우리는 수많은 일상의 공간들을 지니지 못하고 있다. 가지고는 있지만 새겨두지 못한 공간들의 이야기가 필요하다고 생각했다. 기억하고 있는 장소들의 이야기를 끊임없이 들으며 애정을 가지고 바라봐야 한다. 오늘도 나는 애정을 가진 도시와 건축 이야기에 귀 기울인다. 도시와 건축과 사람은 닮아서 마음먹기에 따라 다른 시각으로 바라볼 수 있다.

이 책에 소개된 공간은 주변에서 사소하게 볼 수 있는 일상의 건물이다. 일상의 건물을 이야기하고 관찰하다 보니 발견하게 되고, 삶과 연관 지어 생각하다 보니 특별해 보일 뿐이다. 일상 속 내 집을, 내가 다니는 회사의 공간을, 걸어 다니는 길을, 카페를 한 번쯤은 관찰하고 어느 부분이 좋은지, 어떤 점이 불편한지 생각해볼 필요가 있다. 그리고 바꾸어보자. 평범한 공간이 나의 공간이 되는 순간, 그 공간은 이미 특별한 공간이 된다.

무언가 특별한 건축이 중요하다고 생각하지 않는다. 매일 마주치는 일상의 건축이 더욱 절실한 때라고 본다. 그래서 아침에 출근하여 회사에 들어가기 전 들리는 커피숍의 공간이, 냄새가, 촉감이 내게는 더 소중하다. 걸어 다니며 만나는 공간에 애정을 느낄 수 있도록 관심을 주어야 한다. 멋있고 화려한 공간보다는 일상의 곁에 있는 도시와 건축에 다가가면 좋겠다.

일상의 공간에서

이훈길

참고문헌

공간디자인비평연구회, 『**공간 속의 디자인 디자인 속의 공간**』, 효형출판, 2003년

권기봉, 『**다시, 서울을 걷다**』, 알마, 2012년

김란수, 『**도시건축감상**』, 마실와이드, 2017년

김민채, 『**더 서울**』, 북노마드, 2012년

구본준, 『**구본준의 마음을 품은 집**』, 서해문집, 2013년

김선아, 『**여기가 좋은 이유**』, 미호, 2019년

구영민, 『**틈의 다이얼로그**』, 시공문화사, 2009년

김종진, 『**공간 공감**』, 효형출판, 2012년

김정후, 『**작가 정신이 빛나는 건축을 만나다**』, 서울포럼, 2005년

민현식, 『**건축에게 시대를 묻다**』, 돌베개, 2006년

박길룡, 『**한국 현대건축 평전**』, 공간서가, 2015년

박길룡, 『**한국 현대건축의 유전자**』, 공간사, 2005년

방승환, 『**닮은 도시 다른 공간**』, 다온재, 2019년

서영채, 『**풍경이 온다**』, 나무나무출판사, 2019년

설재우, 『**서촌방향**』, 이덴슬리벨, 2014년

서현, 『**그대가 본 이 거리를 말하라**』, 효형출판, 1999년

서현, 『**건축, 음악처럼 듣고 미술처럼 보다**』, 효형출판, 2005년

승효상 외, 『**건축이란 무엇인가**』, 열화당, 2012년

송하엽, 『**22세기 건축**』, 효형출판, 2017년

송하엽, 『**랜드마크: 도시들 경쟁하다**』, 효형출판, 2014년

이경훈, 『**못된 건축**』, 푸른숲, 2014년

이세영, 『**건축 멜랑콜리아**』, 반비, 2017년

임석재, 『**서울, 건축의 도시를 걷다 1**』, 인물과사상사, 2010년

임석재, 『**서울, 건축의 도시를 걷다 2**』, 인물과사상사, 2010년

임석재, 『**현대 건축과 뉴 휴머니즘**』, 이화여자대학교출판부, 2003년

임석재, 『**한국적 추상 논의**』, 북하우스, 2000년

임석재, 『**기하와 현실**』, 북하우스, 2002년

임석재, 『**기하와 건축**』, 북하우스, 2002년

임석재, 『**건축, 우리의 자화상**』, 인물과사상사, 2010년

임석재, 『**한국 현대건축의 지평 1**』, 인물과사상사, 2013년

임석재, 『**한국 현대건축 비평**』, 도서출판 예경, 1999년

이종건, 『**해방의 건축**』, 발언, 1998년

이종건, 『**중심이탈의 나르시시즘**』, ㈜이석미디어, 2001년

이종건, 『**텅빈 충만**』, 시공문화사, 2005년

양진석, 『**교양 건축**』, 디자인하우스, 2016년

이중용, 『**차운기를 잊지말자**』, 간향미디어랩, 2005년

안창모, 『**덕수궁**』, 동녘, 2009년

울프 마이어 지음, 전정희 옮김, 『**서울 속 건축**』, 안그라픽스, 2016년

이현군, 『**옛 지도를 들고 서울을 걷다**』, 청어람미디어, 2009년

정윤수, 『**인공낙원**』, 궁리, 2012년

전우용, 『**서울은 깊다**』, 돌베개, 2012년

조한, 『**서울, 공간의 기억 기억의 공간**』, 돌베개, 2013년

최경숙, 『**건축가 엄마의 느림여행**』, 맛있는책, 2014년

최준석, 『**서울의 건축, 좋아하세요?**』, 휴먼아트, 2012년

최준석, 『**어떤 건축**』, 바다출판사, 2010년

함성호, 『**건축의 스트레스**』, 문학과 지성사, 2004년

한종수·강희용, 『**강남의 탄생**』, 미지북스, 2017년

찾아보기

내후성 강판	대기에 대한 내식성을 강화한 강판
도리	서까래를 받치기 위하여 기둥 위에 건너지르는 나무
들여 쌓기	벽돌을 위로 갈수록 조금씩 들여쌓음으로 주로 한 층 한 층을 벽돌이 어긋나게 쌓는 방식
띄어 쌓기	벽돌과 벽돌 사이에 빛과 바람을 통과시키는 쌓기 방식
로마네스크 양식	10세기에서 12세기 사이에 유럽에서 유행한 건축·조각·미술양식으로 두꺼운 벽, 둥근 아치, 커다란 탑 등이 특징
매달아 쌓기	벽돌이 매달려 있듯이 입체적으로 쌓는 방식
매스	건물의 전체적인 형태
모듈러 건축 공법	자재와 부품을 공장에서 제작해 현장에서 유닛을 조립하는 공법
배흘림	목조건축의 기둥으로 중간 부분의 직경이 크고 위와 아래로 갈수록 직경이 점차 줄어들도록 만든 기둥
보	윗부분의 무게를 지탱하는 수평 구조재
보이드	비어있는 공간
서까래	목조건축물의 골격이 완성된 다음, 도리와 도리 사이에 도리와 직각이 되게 걸쳐놓는 건축 부재
선원전(璿源殿)	창덕궁 안에 조선 역대 왕들의 어진(御眞 : 왕의 얼굴을 그린 그림)을 모신 장소

쌍주 양식	한 쌍으로 된 기둥 양식
입면	건축물의 외관
적전(籍田)	임금이 몸소 농민을 두고 농사를 짓던 논밭
주두(柱頭)	기둥의 맨 윗부분
철골보	철골로 된 보
치장 쌓기	벽돌을 위아래로 엇갈리게 쌓는 방식
캔틸레버	건물의 일부를 받칠 때, 양쪽에서 고정되는 것이 아니라 한쪽 끝에서만 고정되어 있는 구조
코린트 양식	코린트 지역에서 발달한 대표적 건축 양식으로 헬레니즘 미술에서 나타난 화려한 장식적 특징을 가짐
코어	건물내에서 화장실, 계단, 엘리베이터 등의 공공부분이 한 곳에 집중되어 있는 부분
트러스	직선으로 된 여러 개의 뼈대 재료를 삼각형이나 오각형으로 조립한 일종의 구조 형태
파사드	건축물의 주된 출입구가 있는 정면부

초판 인쇄 2022년 2월 18일
초판 발행 2022년 2월 28일

지은이 이훈길
펴낸이 정고은
책임편집 방수진
편집 최다영
디자인 정혜련, 최봄미나
펴낸곳 (주)꽃길
등록번호 제2018-000024호(2017년 1월 9일)
주소 서울특별시 마포구 월드컵로 163-3, 1층
전화 02.336.8212
팩스 02-323-8212
홈페이지 www.theflowerway.com
이메일 lineman@theflowerway.com
인스타그램 @flowerway.design

ISBN 979-11-977666-0-2
값 16,000원

꽃길은 다양성과 유연성을 바탕으로 각 분야 창작자들이 만들어가는 크리에이티브 스튜디오입니다.